CORNELIA ENGEL

Weihnachtsküsse auf Sylt

— Meerverliebt Band 5 —

CORNELIA ENGEL

Weihnachtsküsse auf Sylt

Meerverliebt Band 5

Roman

Cornelia Engel
Austr. 4, 96047 Bamberg

Lektorat:
www.textehexe.com

Korrektorat:
Sabine Albrecht | www.benisa-werbung.de

Cover:
Cover-/Umschlaggestaltung: Buchgewand Coverdesign | www.buch-gewand.de
unter Verwendung von Motiven von
stock.adobe.com: flowertiare, Katja Xenikis, Милана Павлова, Song of Color, Julija, lumikk555
depositphotos.com: gringoann, 404045, fastfun23
shutterstock.com: LGieger, JoergHoffmann, Sonja Filitz

Satz:
Sabine Albrecht

Für alle, die Weihnachten und
das Rauschen des Meeres lieben.

- Kapitel 1 -

Ich sah den Leuchtturm schon von weitem. Ein roter Farbtupfer inmitten der kargen Dünen. Sylt im Dezember. Die Insel lag im Winterschlaf. Ein diffuses Licht hüllte die Landschaft ein, alle Farben wirkten blass und gedämpft. Als hätte ein Maler sich entschieden, auf seiner Leinwand hauptsächlich Schattierungen von Braun- und Grautönen zu verwenden. Schiefergrau für den Himmel, Graphitgrau für das Meer und Blassbraun für den Strandhafer in den Dünen, den der Wind aufpeitschte wie Wellen auf dem Meer. Ich würde sicher meine dicke Winterjacke brauchen auf meinen Spaziergängen, zusammen mit den Winterstiefeln, der Mütze, dem Schal und den Wollsocken. Wie hieß es immer? Es gab kein schlechtes Wetter, nur falsche Kleidung. Bestimmt würde ich auch ein paar schöne Tage erwischen, mit knackig kalter Luft, klarem Himmel und viel Sonnenschein.

Auf der Seite des Sylt Tourismus hatte ich gelesen, dass man im Winter die Insel wohl weitgehend für sich hatte, inklusive viel freier Natur, Ruhe und Abgeschiedenheit.

Nichts als Stille, abgesehen vom Tosen der Wellen, dem Rauschen des Windes und dem Kreischen der Möwen.

Das war genau das, was ich brauchte. Als ich auf dem Buchungsportal die Ferienwohnung in dem einsam gelegenen Leuchtturm entdeckt hatte, wusste ich, dass ich den perfekten Ort für eine Auszeit gefunden hatte – viel Ruhe, wenig Weihnachtstrubel. Weihnachten war sowieso etwas, das ich dieses Jahr am liebsten aus meinem Kalender gestrichen hätte.

Hinter mir lag ein mörderisch anstrengendes, aber beruflich erfolgreiches Jahr. Ich spürte immer stärker, dass ich dringend etwas an meinen Arbeitszeiten ändern musste. Dass meine Eventagentur so gut lief und wir uns vor Neukunden kaum retten konnten, war zwar gut fürs Ego und den Geldbeutel, aber nicht für das Privatleben. Erst recht nicht für meine Gesundheit. Ich war dabei, diesen Funken in mir zu verlieren, aus dem sich meine Inspiration speiste. Ich konnte nur hoffen, dass Anja mir möglichst lange erhalten blieb. Sie war die beste Assistentin, die ich mir hätte wünschen können.

Mein Handy vibrierte. Ich warf einen Blick auf die Halterung, mit der ich es an den Lüftungsschlitzen meines alten Citroens 2CV befestigt hatte. Anjas Name leuchtete im Display, als hätten meine Gedanken sie heraufbeschworen.

„Hi, was gibt es?“, sagte ich mit erhobener Stimme über das Röcheln des Motors hinweg.

„Sorry, dass ich störe“, begann Anja das Gespräch. Ich konnte förmlich sehen, wie sie an ihrem Schreibtisch mit den Schultern zuckte. „Es geht um die Feinabstimmung mit dem Catering für die Weihnachtsfeier der Fortis Finance Group nächste Woche. Bleibt alles so wie geplant oder müssen wir aus deiner Sicht noch etwas ändern?“

„Bleibt alles so. Du kannst den Auftrag freigeben.“ Kopfschüttelnd schmunzelte ich in mich hinein. Ich hätte meinen linken Arm darauf verwettet, dass Anja den Ablauf bis ins letzte i-Tüpfelchen perfekt ausgearbeitet vor sich liegen hatte und der Anruf nur ein Vorwand war. In Wirklichkeit machte sie sich Gedanken, wie es mir ging.

„Sehr schön …“ Ich hörte, wie Anja auf ihrem Kugelschreiber herumknipste. „Und … wie ist das Wetter so auf der Insel?“, schob sie betont beiläufig hinterher.

Lächelnd schaltete ich den schlierenden Scheibenwischer aus. „Ziemlich grau. Eben hat es genieselt, aber weil der Wind so stark ist, wechselt es rasch. In einer halben Stunde haben wir hier vielleicht strahlenden Sonnenschein.“

„Den hättest du auf jeden Fall gehabt, wenn du irgendwo hingefahren wärst, wo es um diese Jahreszeit schön warm ist. Teneriffa vielleicht oder eine tropische Insel mit türkisblauem Meer, weißem Sandstrand und Palmen.“ Anja seufzte. „Das ist dein erster Urlaub seit fünf Jahren.“

„Sylt ist perfekt. Ich brauche Ruhe.“

„Die hättest du in einem tollen Luxusressort auch gehabt. Inklusive Frühstücksbuffet."

„Eben. Das ist der springende Punkt."

„Wie?"

„Na, das Frühstücksbuffet. Ich kann kein Hotelessen mehr sehen. Und auch kein Mittags- oder Abendbuffet. Genauso wenig wie Hotelbetten, Minibars, Gästeseifen oder Einmalpantoffeln", erklärte ich entschieden. „Weißt du, wie viele Nächte ich im letzten Jahr in Hotels geschlafen habe?"

„Ich kann nachsehen, wenn du möchtest", bot Anja an.

„Das war rhetorisch gemeint", erwiderte ich freundlich. „In jedem Fall waren es zu viele. Ich möchte einfach nur in meiner hyggeligen kleinen Ferienwohnung im Leuchtturm sitzen. Ohne Betten-Boy, der abends an die Zimmertür klopft, um mein Bett aufzudecken. Ohne gestärkte Hotelbettwäsche, klimatisierte Luft und die immer gleichen Kunstdrucke an den Wänden. Und vor allem ohne Tannenbäume und den ganzen anderen Weihnachtskram."

„Ich versteh dich ja." Anja seufzte in den Hörer. „Seit Juli machen wir nichts anderes, als Weihnachtsfeiern zu planen. Kein Wunder, dass du vor den Feiertagen flüchtest. Würde ich auch, wenn ich könnte."

Meine Kehle wurde eng. Ich schluckte. Anja hatte keinen Grund, vor Weihnachten zu fliehen, und ich hätte auch lieber keinen gehabt.

„Genau das ist es", behauptete ich mit aller Überzeugungskraft, die ich aufbringen konnte. Konzentriert lenkte ich meine Ente um die Schlaglöcher in der Straße. „Hör mal, Anja, ich muss jetzt leider Schluss machen. Da vorn ist gleich der Leuchtturm. Wir sprechen uns, okay?“

„Alles gut. Genieß den Urlaub“, sagte Anja. Dann legte sie auf.

Ich parkte meinen himmelblauen Citroen und löste den Gurt. Dann nahm ich das Handy aus der Halterung, schlüpfte in meine Winterjacke und stieg aus. Der Wind zerrte an meinen Haaren, die Luft war feucht und salzig. Über mir kreischten Möwen. Unweit von mir rollte donnernd die Brandung ans Ufer, der Strandhafer in den Dünen bog sich im Wind. Und nirgendwo ein Mensch in Sicht.

Diese Ruhe – unbezahlbar!

Voll nervöser Vorfreude auf die kommenden Tage ließ ich den Blick über mein Zuhause auf Zeit wandern. Der rot-weiß gestreifte Leuchtturm strahlte eine heitere Atmosphäre aus. Sonderlich groß war er nicht mit seinen drei Stockwerken. Im Internet stand, dass er Platz für vier Übernachtungsgäste bot. Mehr als ausreichend für mich allein. Ich öffnete den quietschenden Kofferraum meines geliebten Oldtimers. Mit einiger Mühe wuchtete ich meinen Koffer heraus und zerrte ihn hinter mir her über den Kieselweg. Die Räder knirschten und blockierten, also hob ich das schwere Ding seufzend hoch und schleppte es die letzten Schritte bis zu der leuchtend blau gestrichenen Haustür.

„Moin“, grüßte ich den aus Holz geschnitzten Seemann auf der Bank vor dem Leuchtturm. Er hielt ein

Schild in der Hand. *Kiek mol wedder in …?* Haha. Sehr witzig. Ich war ja noch nicht einmal richtig angekommen.

Hannes Andersen, entzifferte ich das Türschild über der Klingel. Das war mein Vermieter. Über das Vermittlungsportal der Ferienwohnung hatten wir vereinbart, dass er mir den Schlüssel in den kleinen Safe in der Wand legen würde. Die PIN hatte er mir in einer EMail geschickt. Er selbst war verreist.

Das war mir nur recht. Dann musste ich mir wenigstens nicht anhören, was man alles an Weihnachten auf der Insel unternehmen konnte, wo es den besten Punsch gab und welche Weihnachtsmärkte man unbedingt gesehen haben musste.

Ich wischte über das Display meines Handys, öffnete die E-Mail und tippte die PIN in das Zahlenfeld. Das Kästchen klappte auf, darin lag wie besprochen der Schlüssel. Als ich ihn ins Schloss schob, bemerkte ich, dass nicht abgesperrt war.

Irritiert schob ich die Tür auf.

„Moin. Was kann ich für dich tun?", tönte es mir entgegen.

Vor mir stand ein Mann, etwa so alt wie ich, in Jeans und einem schwarzen, mit Mehl bestäubten T-Shirt. Er hatte braunes Haar, das ihm vorn leicht in die Stirn fiel, ein glatt rasiertes Kinn, nussbraune Augen und Lachfältchen – eigentlich eine sympathische Erscheinung, wenn er sich nicht gerade in *meinem* Leuchtturm befunden hätte.

„Wer sind Sie und was tun Sie hier", grummelte ich nicht gerade freundlich. Ich schnupperte in die Luft.

„Und wonach riecht es hier? Sind das … frisch gebackene Kekse?"

„Also zuerst einmal, herzlich willkommen im gemütlichsten Leuchtturm an der ganzen Nordsee." Mit einem charmanten *Lächeln* streckte er mir die Hand entgegen.

Ich war zu verdattert, um etwas zu erwidern. Mit offenem Mund ergriff ich sie. Mein Gegenüber besaß einen äußerst kräftigen Händedruck.

„Ich bin Hannes und was du da gerade riechst, sind Friesenkekse." Er ließ meine Hand los und wirkte sehr zufrieden mit sich.

„Hannes, der Leuchtturmvermieter?" Ich schluckte.

„Genau der. Und wer bist du?"

Ich trat einen Schritt zurück und funkelte ihn ungläubig an. „Sophia Matthies. Ich habe diesen Leuchtturm für die nächsten Wochen gemietet. Und zwar für mich allein. Du erinnerst dich?"

„Ach du Schande." Das Lächeln rutschte aus seinem Gesicht. „Hast du meine Mail nicht bekommen?"

„Mail? Welche Mail?" Das hier war nicht gut. Gar nicht gut.

„Na, ich hatte dir doch vor ein paar Wochen eine Mail geschickt, in der stand, dass ich deine Buchung leider stornieren muss. Weil mir etwas dazwischengekommen ist und ich Weihnachten hier im Leuchtturm verbringe."

„Ich weiß nicht, wem du die Mail geschickt hast, aber ganz sicher nicht mir", erwiderte ich steif. „Ich habe nichts bekommen."

„Das kann doch nicht sein." Ungläubig schüttelte er den Kopf.

„Wenn es so wäre, würde ich dann hier stehen?“, gab ich zurück.

Er zögerte. „Na ja, wohl eher nicht“, erwiderte er mit einem Lächeln.

„Ich finde das gar nicht komisch“, kommentierte ich s*äuerlich*. „Außerdem, wenn du nicht mit mir rechnest, warum hast du dann den Schlüssel in den Türsafe gelegt?“

Er zuckte die Schultern. „Der liegt da immer.“

Ich war kurz davor zu verzweifeln. Alles, was ich wollte, war, mich in mein Bett zu legen und vierzehn Stunden am Stück durchzuschlafen. Auf eine Auseinandersetzung war ich nicht vorbereitet. Der Blick meines Vermieters ruhte auf mir, abwartend, geduldig. Mir wurde bewusst, dass ich eben nicht sonderlich freundlich geklungen hatte. Also atmete ich tief durch und bemühte mich um einen ruhigen Ton. „Wenn du mir eine Mail geschickt hast, m*ü*sste sie ja im Ausgang deines Postfachs sein. Schau doch mal nach.“

„Wie wäre es, du kommst erst mal rein und wir schließen die Tür? Die ganze Wärme geht nach draußen.“

„Meinetwegen.“ Schulterzuckend zerrte ich den Koffer über die Schwelle und zog die Tür hinter mir zu.

In aller Gemütsruhe holte mein Vermieter ein zerschrammtes Handy aus der Potasche seiner Jeans und tippte darauf herum. Ungeduldig rieb ich mir die klammen Hände. Während ich auf eine Erklärung von Hannes wartete, ließ ich meinen Blick durch den Eingangsbereich schweifen. Links von mir zog sich eine freitragende Treppe in der Rundung der Außenwand nach oben. Durch die indirekte Beleuchtung wirkte alles sehr gemütlich. Die Farben, die geschmackvolle Einrichtung, das helle Holz der Stufen. Aber was war das? Befremdet blinzelte ich die Schar bärtiger Filzwichtel an, die auf den Stiegen saßen. Mit Mützen, die so tief ins Gesicht gezogen waren, dass man nur die Knubbelnasen sah, und Ringelstrümpfen an den absurd dünnen Beinchen. Du lieber Himmel. *Überhaupt.* Beim näheren Hinsehen fiel mir noch mehr Weihnachtsdeko auf. Wie zum Beispiel der hölzerne Ständer auf der Fensterbank, an dem Salzfiguren und ein Kranz aus Tannenzweigen befestigt waren.

Gleich hinter dem Eingangsbereich schien sich die Küche zu befinden. Zumindest vermutete ich es, weil eine gerundete Arbeitsplatte in den Flur ragte. Ich unterdrückte ein Stöhnen. Noch mehr Weihnachtskrempel. Ein Adventskranz mit roten Schleifen und dicken, roten Kerzen leuchtete mir entgegen. Im Gegensatz zu mir schien Hannes die Weihnachtszeit zu lieben. Egal. Schließlich hatte ich nicht vor, mit ihm zusammenzuziehen. Sobald sich der Irrtum aufklärte und Hannes mir den Leuchtturm überließ, würde ich alles in eine Kiste räumen und wegpacken.

„Und?“ Nervös trat ich von einem Fuß auf den anderen.

„Momentchen. Die Verbindung ist etwas langsam.“ Er blickte auf und zwinkerte mir zu.

Momentchen … wer sagte denn heute so etwas? Hoffentlich sah dieser Typ endlich ein, dass ich im Recht war und er im Unrecht, und räumte das Feld. Genauer, die Ferienwohnung.

„Ah, da haben wir es. Da ist die Mail. Oha." Ausdruckslos starrte er auf das Display.

„Was?" Ich sah ihn kopfschüttelnd an, aber er starrte nur weiter schweigend auf das Display.

„*Oha*, du hast vergessen, mir abzusagen? Oder *oha*, ich hab's vermasselt und deine Mail ist mir irgendwie durchgerutscht?", rätselte ich.

„*Oha*, die Mail ist anscheinend nicht rausgegangen. Da steht *nicht gesendet*."

„*Nicht gesendet*?", wiederholte ich verständnislos. „Aber … aber wie kann so was passieren?"

„Das mit dem Internet ist hier manchmal Glückssache", erwiderte er lapidar.

Jetzt, da ich meine Verblüffung über so viel Nachlässigkeit überwunden hatte, meldete sich mein Verstand zu Wort. „Okay, die Mail mit der Absage ist also nicht raus. Was bedeutet, dass das Verschulden bei dir liegt. Was gedenkst du zu tun?"

Hannes musterte mich stirnrunzelnd. „Zuerst mal, ich entschuldige mich ausdrücklich für das Versehen. Selbstverständlich überweise ich dir die Anzahlung zurück. Okay für dich?"

Mann, war das eine unangenehme Situation! Ich hasste es, auf mein Recht pochen zu müssen, aber wie es aussah, blieb mir nichts anderes übrig. „Entschuldigung angenommen", erklärte ich freundlich, aber entschieden. „Aber für den Ausfall steht mir Ersatz zu. Wenn ich nicht im Leuchtturm wohnen kann, musst du eine andere gleichwertige Unterkunft für mich finden."

Leicht nervös musterte ich meinen Vermieter. Wir kannten uns nicht, also wusste ich nicht, wie er auf meine Forderung reagieren würde. Druck erzeugte erfahrungsgemäß Gegendruck. Manche Menschen machten dann erst recht dicht.

Hannes jedoch wirkte nach wie vor entspannt.

„Ja, stimmt wohl." Er schnupperte in die Luft. „Momentchen. Ich bin gleich zurück. Muss nur eben nach den Keksen schauen, damit mir die nicht verbrennen."

Bevor ich etwas erwidern konnte, eilte er davon.

Ich stand da und kam mir vor, als wäre ich im falschen Film gelandet. Ich redete von meinem Rechtsanspruch und er dachte an seine Plätzchen? War es zu fassen? Mein Vermieter schien ein dauergechillter Mensch zu sein, den so schnell nichts aus den Latschen haute.

Kekse! Ich verdrehte die Augen. Na, die konnte er dann gleich einpacken und mitnehmen, wenn er hier die Zelte abbrach. Vorsichtig schielte ich um die Kurve. Nur leider versperrte mir die Weihnachtsdeko die Sicht.

Es klapperte. „Autsch, verflixt", fluchte Hannes. Im nächsten Moment rauschte der Wasserhahn.

„Alles in Ordnung?", fragte ich.

„Jo. Alles klar Schiff hier. Sekunde nur."

Das Wasser hörte auf zu laufen. Im nächsten Moment kam Hannes zu mir zurück. Um seinen rechten Daumen hatte er einen Zipfel eines tropfenden Geschirrtuchs gewickelt.

„Kleine Kollision mit dem heißen Backblech", meinte er gelassen. „Wo waren wir stehen geblieben?"

„Bei meiner Buchung. Wir waren uns einig, dass ich einen Anspruch auf Ersatz habe."

„Richtig." Er nickte. „Sag mal, darf ich dich was fragen?"

„Ähm. Klar?"

„Du hast nicht zufällig Zuckerstreusel dabei, oder?"

„Was?", brachte ich mühsam hervor.

„Nein?" Er legte den Kopf schräg. „Du hast nicht zufällig deine Zahnbürste oder so vergessen und musst noch mal schnell mit dem Auto los? Nicht? Schade. Dann hättest du mir bei der Gelegenheit Glitzerperlen mitbringen können. Zum Verzieren für die Kekse. Oder Zuckerschneeflocken. Je nachdem, was es im Supermarkt gibt."

„Warte." Mein Magen meldete sich zu Wort und reagierte mit steigernder Säureproduktion. „Ich soll für dich einkaufen fahren?"

„Nicht extra. Nur, wenn du ohnehin noch etwas zu erledigen hast. Mein Führerschein macht gerade Urlaub und mit dem Rad ist es bei dem Schietwetter ziemlich ungemütlich." Wieder dieses Grinsen. „Muss auch nicht heute sein. Morgen reicht auch. Du wirst doch sicher in den Ort fahren, um Vorräte einzukaufen. Oder hast du schon alles mitgebracht?"

Ich starrte ihn an. Eine Sekunde, zwei Sekunden, drei … Mit Hannes zu kommunizieren war in etwa so herausfordernd, wie einen Lückentext zu vervollständigen. Zwischen Blech-aus-dem-Ofen-holen und Finger-verbrennen musste er wohl zu einer Lösung gekommen sein. Allerdings hatte er nicht daran gedacht, sie mir mitzuteilen.

„Ich krieg das immer noch nicht auf die Reihe“, sagte ich schließlich. „Wer wohnt denn nun hier? Du oder ich?“

„Wir beide. Du bekommst mein Schafzimmer. Ich ziehe in das Gästezimmer. Das Bad und die Küche müssen wir uns teilen. Aber das kriegen wir hin. Und das Turmzimmer benutze ich ohnehin nur selten.“

„Aber … Wieso bist du überhaupt hier? Ich meine, kann ich den Leuchtturm nicht für mich allein haben? Wolltest du nicht verreisen?“ Verwirrt strich ich mir über das Haar.

„Es kam etwas dazwischen. Und eine Ausweichmöglichkeit habe ich momentan nicht.“ Sein Blick ruhte auf mir. Seltsamerweise hatte ich das Gefühl, dass in diesem Moment etwas mehr Verbindlichkeit zwischen uns entstand.

„Hm“, brummte ich. „Und wie soll das mit uns funktionieren?“

Er hob leicht die Schultern. „Wir können das bestimmt so regeln, dass jeder seine Privatsphäre hat.“

Für meinen Geschmack klang das ziemlich vage. *Ärger war da vorprogrammiert.* Gedanklich schrieb ich die Leuchtturmferien ab. Ich nagte an meiner Unterlippe. „Das stelle ich mir schwierig vor, auf so engem Raum“, sagte ich dann. „Wir kommen uns doch ständig in die Quere. Mir wäre lieber, du suchst mir eine andere Unterkunft hier auf der Insel. Eine, in der ich meine Ruhe habe.“

… und in der nicht alles voller Weihnachtsdeko ist, schob ich gedanklich hinterher.

„Aussichtslos.“ Er wickelte das Geschirrtuch ab und bewegte probeweise seinen geröteten Daumen.

„Was soll das heißen?“, krächzte ich. Die Unterhaltung begann meine Geduld zu überfordern. Ich fühlte mich, als drehten wir uns seit zehn Minuten im Kreis. „Irgendwo wird doch noch eine Ferienwohnung frei sein.“

„Die Insel ist an den Feiertagen fast genauso beliebt wie in der Saison. Wenn du etwas suchst, wo du deine Ruhe haben möchtest, musst du weiter oben im Norden suchen.“

„Wie weit im Norden? List? Flensburg? Dänemark?“ Ich sah ihn hoffnungsvoll an.

„Eher Polarkreis.“ Er zwinkerte mir zu. Als er meinen Blick auffing, zuckte er die Schultern. „Na, komm, jetzt schau nicht so. Ich mach doch nur Spaß. Man sollte das Leben nicht allzu ernst nehmen, dafür ist es zu kurz.“

„Na toll. Und du findest wohl alles witzig, was?“, gab ich etwas schärfer als beabsichtigt zurück.

Sein Lächeln verschwand. „Nein. Ganz sicher nicht. Aber trotzdem darf man seinen Humor nicht verlieren, wenn mal was schiefläuft.“

„Siehst du es, da haben wir es schon.“ Meine Kehle brannte, ich hatte Sodbrennen. „Wir zusammen in einem Leuchtturm, das *würde nicht funktionieren.*“

„Käme auf einen Versuch an.“ Er sah mich gelassen an. „Was hast du zu verlieren? Wenn es nicht funktioniert, müssen wir uns zur Not etwas anderes überlegen.“

Innerlich rang ich mit mir. Sollte ich weiterdiskutieren oder mich auf einen Kompromiss einlassen?

„Und die Weihnachtsdeko?“ Ich deutete zu den Wichteln auf den Stiegen.

„Was ist damit?“ Verständnislos runzelte er die Stirn.

„Ich bin hier, weil ich nichts von Weihnachten hören oder sehen will. Kein Lametta, kein Baum, keine Kerzen.“

„Dein Ernst?“ Er sah mich einigermaßen erschüttert an. „Das ist ja mal ein Ding. Ich liebe Weihnachten.“

Na großartig. Hätte ich mal auf Anja gehört und Weihnachten in der Karibik verbracht. Dort schien zumindest jetzt die Sonne.

„Regeln“, erklärte ich mit Nachdruck. „Wir brauchen unbedingt verbindliche Regeln. Und weihnachtsdekofreie Zonen. Das wäre schon mal der erste Punkt.“

Einen Moment starrte er schweigend vor sich hin.

„Na schön. Einverstanden“, meinte er schließlich. „Also los, du gestrandeter Hering. Ich zeige dir dein Zimmer und danach *überlegen wir* uns einen Plan, wie wir uns gemeinsam für die nächsten Tage einrichten, ohne uns in die Quere zu kommen. Einverstanden?“

- Kapitel 2 -

Kurz darauf begann Hannes unseren Rundgang. „So, hier ist die Küche. Bitte achte nicht auf die Unordnung, ich hatte nicht mit Besuch gerechnet.“

Mein Sodbrennen quälte mich noch immer. Ich drückte eine Tablette des *Säureblocker*s aus dem Blister, den ich im Handschuhfach gefunden hatte, und schob ihn mir in den Mund. Neugierig ließ ich den Blick schweifen. Einfach alles hier drin war rund. Die Arbeitsfläche, die als Raumteiler zwischen dem Flur und dem Küchenbereich diente, die moderne Sitzecke mit der Lederpolsterung, die großen Fensterscheiben. Auf dem runden Esstisch in der Mitte herrschte Chaos. Ein mit Teig verklebtes Nudelholz, Ausstecher, ein angebrochener Eierkarton, eine Milchtüte, eine Küchenwaage, offene Mehl- und Zuckerpackungen feierten ein fröhliches Miteinander. Auf dem Herd stand ein Blech mit Keksen zum Abkühlen und verströmte ein verführerisches Aroma. Die grauen Bodenfliesen waren mit Mehlspuren bepudert. Überhaupt schien Hannes das Mehl recht schwungvoll in der gesamten Küche verteilt zu haben. Neben der Kaffeemaschine stand ein Teller mit handgerollten, ungleichmäßig großen Marzipankartoffeln, auf denen Reste von Kakaopulver klebten. Ich zuckte die Schultern und wandte mich an Hannes. „Du scheinst ein leidenschaftlicher Bäcker zu sein. Gibt es hier einen Bereich, in dem ich meine Lebensmittel unterbringen kann?“

„Klar. Ich mach dir Platz hier im Schrank. Und im Kühlschrank räume ich dir die zwei oberen Fächer frei. Ist das okay?“

„Das wäre supernett von dir. Nicht, dass ich vorhabe zu kochen, aber meinen Frühstücksjoghurt und ein paar andere Sachen wie Wurst und Käse würde ich gern darin lagern. Gibt es einen Pizzalieferservice hier in der Nähe?“

„Klar. Aber das geht ganz schön ins Geld. Wenn du willst, könnte ich für dich mitkochen. Und zum Frühstück kannst du dich gern an meinen Cornflakes und dem Müsli bedienen.“

„Vielleicht komme ich ab und zu auf dein Angebot zurück, wenn es dir nichts ausmacht“, erwiderte ich zögernd.

„Klar, mach das. Isst du alles oder muss ich auf etwas Rücksicht nehmen?“

„Einfach“, winkte ich ab. „Ich esse alles, was es *nicht* traditionell an Weihnachten oder in der Adventszeit gibt.“

Er sah mich verdattert an. „Also kein Stollen oder Glühwein zum Tee? Milchreis mit Spekulatius oder Rote Grütze mit Lebkuchenkrümeln und Sahne zum Brunch? Oder Bratäpfel mit Zimt und Vanillesauce? Mein selbst gemachter Glühwein ist spitze, den musst du probieren."

„Tut mir leid, auch wenn es noch so lecker klingt, aber alles, was mich an Weihnachten erinnert, ist gestrichen", erklärte ich tapfer, obwohl mir das Wasser im Mund zusammenlief.

„Auch nicht Kartoffelsalat und Würstchen an Heiligabend? Oder Gänsebraten, Klöße und Grünkohl am ersten Feiertag?"

„Ganz besonders nicht Kartoffelsalat, *Würstchen* und Weihnachtsgans."

Er rieb sich den Nacken. „Na, wenn das so ist, dann ist unser Speiseplan doch ziemlich verschieden. Vielleicht gebe ich dir doch besser die Nummer vom Pizzaservice? Du kannst auch gern die Mikrowelle benutzen. Im Supermarkt gibt es jede Menge Fertiggerichte."

„Das w*ä*re sicher das Einfachste." Mit gerunzelter Stirn musterte ich den schlittenfahrenden Leuchtpinguin auf dem Fensterbrett und die Lichterketten, die das Fenster umrahmten. „K*önnte* ich mir das Essen vielleicht mit nach oben nehmen? Oder hast du ein Problem damit, wegen der Hygiene und so?"

„Gar nicht. Mach ruhig. Komm, ich zeig dir dein Zimmer. Den schweren Koffer trag ich dir später hoch."

„Danke, das wäre nett."

„Hast du sonst noch Gepäck? Surfausrüstung und Neoprenanzug vielleicht? Hier gibt es im Winter eine richtig gute Welle. Eine Menge Leute kommen deswegen um diese Jahreszeit hierher."

„Ich bin nicht so der Typ für Wassersport, abgesehen von Whirlpool-Relaxen. Ich zocke lieber. Aber im Auto sind noch mein Monitor und die PlayStation."

„Du zockst?" Er sah mich begeistert an. „Klasse! Ich habe früher viel Mario Kart gespielt. Mein Nintendo müsste noch irgendwo rumfliegen. Wenn du Lust hast, können wir mal miteinander zocken. Aber ich warne dich, ich bin ziemlich gut."

Mario Kart. *Hilfe!*

Mein Sodbrennen verstärkte sich trotz des Säureblockers. Beherrscht nahm ich einen tiefen Atemzug.

„Ich spiele Call of Duty, an einem Fünfundfünfzig-Zoll-Monitor", sagte ich höflich.

Auf seiner Stirn bildete sich eine steile Falte. „Das ist so ein Ballerspiel, oder?"

„Es ist ein Ego-Shooter-Spiel, bei dem du als Soldat Missionen erfüllst."

„Na, das passt ja prima zu Weihnachten." Hannes schüttete sich aus vor Lachen.

„Eben nicht, das ist ja das Gute daran", gab ich trocken zurück. Wir beide besaßen noch nicht einmal den gleichen Humor. „Wo kann ich mein Setup aufstellen?"

„Am besten oben im Turmzimmer. Da ist Platz. Also, dann lass uns mal ein paar deiner Sachen aus dem Auto holen und nach oben bringen. Dann ist das schon mal erledigt. Den Monitor nehmen wir am besten zu zweit. Bei den engen Kurven kriegt man den nicht nach oben, ohne die Wand zu zerschrammen."

Gesagt, getan.

Gemeinsam trugen wir den Karton mit dem Monitor darin nach drinnen. Schwer war der Karton nicht, aber sperrig. Hannes schritt voraus, die Treppe hinauf, mit dem Rücken zu mir.

„Vorsicht, nicht stolpern", rief er mir zu.

„Leichter gesagt als getan", jammerte ich. Da ich hinter ihm ging, hatte ich Mühe zu sehen, wohin ich trat, weil der Karton mir die Sicht versperrte. „Sag mal, was ist mit den Wichteln? *Könnten die* weg? Als Teil unseres Plans, aufeinander Rücksicht zu nehmen? Das wäre schon mal der erste Schritt zu einem stressfreien Miteinander."

Hannes drehte leicht das Kinn über die Schulter. „Schwierig."

„Wieso?" Vorsichtig tastete ich mit dem Fuß nach der nächsten Stufe.

„Wichtel kommen und gehen, wann sie wollen. Irgendwann Anfang Dezember tauchen sie auf, und nach Weihnachten verschwinden sie wieder. Du solltest sie lieber nicht stören, sonst kann es sein, dass sie dir Streiche spielen", erklärte er todernst. „Ich habe schon alles Mögliche gehört, was passieren kann. Verschwundene Schlüssel, verknotete Schn*ürsenkel, unsichtbare Dinge, über die man stolpert* … Und Kai unten in Hörnum hatte plötzlich kein Shampoo in der Flasche, sondern Haarfärbemittel. Er ist zwei Wochen lang mit karottenroten Haaren herumgelaufen, weil sich das Zeug nicht mehr rauswaschen ließ."

Hatte der sie noch alle? Niemand, der bei Verstand war, erzählte anderen Erwachsenen solche Märchen. Dummerweise konnte ich sein Gesicht nicht sehen, aber ich vermutete, dass er mich auf die Schippe nahm. Was sonst?

„Du glaubst diesen Unsinn doch nicht etwa?“ Schnaufend blieb ich auf dem Treppenabsatz stehen.

„Was denn?“ Er warf mir einen unergründlichen Blick zu.

„Ach, komm schon! Das denkst du dir aus, weil du die Wichtel behalten möchtest. Dabei sind diese Dinger von erlesener Scheußlichkeit.“

„Wenn du darauf bestehst, räume ich sie weg“, sagte er schulterzuckend. „Lass uns mal bitte absetzen. Dann zeige ich dir das Gästezimmer.“

Wir stellten den Karton zu Boden.

„Was ist das hier?“ Mit zusammengekniffenen Augen musterte ich ein Stück poliertes Treibholz an der Wand. Darauf stand eine etwa handgroße, in nordischem Blau gestrichene Holztür mit einer winzigen Leiter aus Weidenst*öckchen. Das Ding sah aus, als hätte Hannes es unter dem Einfluss von zu viel Glühwein mit der Laubsäge gebastelt.*

„Die führt ins *Gästezimmer*“, sagte er trocken.

„Haha. Sehr witzig.“ Missmutig zog ich eine Grimasse. „Kannst du bitte auch mal ernst sein?

„Wieso, das bin ich doch“, versicherte er *überrascht.* Einen ziemlich langen Moment sahen wir uns schweigend an. Dann schlug sich Hannes mit der flachen Hand gegen die Stirn. „Mensch, ich Idiot! Ich dachte, du meinst *diese Tür.*“ *Er deutete mit einer Kopfbewegung hinter sich.* „*Das* auf dem Brett ist eine Wichteltür. Manche Wichtel kommen nämlich nur nachts raus, wenn man sie nicht sieht."

Ich winkte ab. „Jaja, schon klar, hinter dem windschiefen Ding wohnt Tomte Tummetott. Und wenn ich das Teil wegräume, passiert ein schreckliches Unglück."

Um Hannes Augen spann sich ein Netz aus Lachfalten. Scherzend reckte er den Zeigefinger in die Luft. „Das hast jetzt *du* gesagt, nicht ich."

Ich lächelte schief und verzichtete auf eine Antwort.

„Das Zimmer hier auf der ersten Etage wird als Kinderzimmer genutzt, wenn ich den Leuchtturm vermiete." Er drückte die Klinke und ließ mich hineinblicken. „Es gibt ein Bad en suite, dahinter ist eine Abstellkammer. Dadurch ist der Raum kleiner als der obere. Ich schlage vor, wir tauschen. Du bekommst das große Zimmer einen Stock höher, das ich gerade benutze, und ich ziehe ins Kinderzimmer."

Ich betrachtete die blau gestrichenen Wände, das Windlicht, das zu einer Nachttischlampe umgebaut war, und das Etagenbett. „Bist du sicher? Passt du da rein?"

„Ja, nee. Muss ja wohl. Ich habe ein paar Jahre auf einem Containerschiff gelebt, daher macht mir das nichts aus." Hannes zuckte die Schultern. „Sollen wir eins weiter rauf?"

„Jo", erwiderte ich sozialverträglich in bester friesischer Manier.

Wieder packten wir gemeinsam an. Wir trugen den Karton eine Treppe höher und setzten erneut ab.

„Hier wäre dann also dein Zimmer“, sagte Hannes. „Natürlich muss ich noch meine Sachen wegräumen und frisch beziehen. Aber das ist gleich erledigt. In einer Stunde ist alles geputzt, frisch bezogen und pikobello.“

„Darf ich?“ Zögernd legte ich die Hand auf die Klinke.

„Na klar. Mach ruhig.“

Ich betrat den Raum. „Wow“, entfuhr es mir. Das Schlafzimmer sah sogar noch schöner aus als auf den Bildern im Internet. Das Kopfende des Doppelbetts schmiegte sich in die Rundung der Wand. Darüber befanden sich Regale, die Hannes wohl auch aus Treibholz gebaut hatte. Der Schrank war ebenfalls in die Wand eingepasst. Es gab zwei große Fenster, aus denen man auf das Meer und auf die Dünen blicken konnte. Die Tapete war in einem edlen Grauton gehalten, der sich auch in der grau-weiß-gestreiften Bettwäsche wiederfand. Das Bett war ordentlich gemacht, die Kissen aufgeschüttelt und nirgendwo lag auch nur eine einzelne Socke oder ein schmutziges T-Shirt herum.

„Gefällt es dir?“, hörte ich Hannes hinter mir fragen.

Mit einem zufriedenen Ausatmen drehte ich mich zu ihm um. „Einfach super. Sollen wir den letzten Stock in Angriff nehmen?“

„Yupp.“ Hannes bückte sich, um den Karton auf seiner Seite wieder aufzunehmen. „Was meinst du, wie aufwändig es war, die Möbel hierhochzubringen. Ich musste alles in Einzelteile zerlegt hochtragen.

Beim Sofa und dem Couchtisch habe ich sogar die Beine abgeschraubt. Aber dafür ist die Wohnung im Leuchtturm auch etwas ganz Besonderes."

Ich packte an meiner Seite an und setzte vorsichtig einen Fuß nach dem anderen auf die Stufen. Inzwischen waren wir ein eingespieltes Team. Ohne weitere Zwischenfälle kamen wir oben an und stellten den Monitor ab.

„So, da wären wir", meinte Hannes. „Immer rein in die gute Stube."

Ich streckte den Rücken und sah mich um.

„O Gott, es ist einfach nur großartig!" Langsam drehte ich mich um meine eigene Achse und blickte hinaus. Die Wände des Raumes waren verglast. Draußen dämmerte es bereits, aber die helle Gischt der Wellenkämme zeichnete sich noch zart in all den Grautönen ab. Etwas entfernt machte ich beleuchtete Fenster aus, wo sich einige *Häuser in die Dünen duckten.*

„Schau mal, hier." Hannes griff nach der Fernbedienung. Das Deckenlicht ging aus, dafür verbreitete nun ein Projektor ein sanftes blaues Licht an der weißen Kuppel des Turms. Es sah aus, als w*ürde über uns ein Ozean leuchten. „Man kann es auch auf Sternenhimmel umschalten. Oder du lässt es aus, wenn es dir zu kitschig ist.*"

„Ich finde es hübsch." Mit einem zufriedenen Seufzer ließ ich mich auf die runde blaue Ledercouch sinken. „Was ist mit den Tannenzweigen? Und den Lichterketten? K*önntest du so freundlich sein und d*ie Deko hier oben auch wegschaffen?"

„Jaja." Hannes nickte.

„Ich kann mich darauf verlassen?", hakte ich vorsichtshalber nach.

Er murmelte etwas, das wie *nüschanix* klang und zuckte die Achseln.

„Perfekt." Ich rappelte mich aus den Kissen hoch. „Solange du mein Zimmer fertig machst, hole ich mal die PlayStation hoch und schließe alles an. Wo sind denn hier Steckdosen?"

„In den Bodenleisten." Er deutete auf Klappen, die zwischen Sofa und dem Fernsehtisch in das Parkett eingelassen waren. „Richte du dich mal hier ein und ich mach klar Schiff. Um sechs gibt es Abendessen. Schnippelbohneneintopf und Spiegelei. Wenn du magst."

„Klingt lecker", rief ich und machte mich auf den Weg nach unten, um den anderen Karton zu holen.

Erleichtert lächelte ich vor mich hin

Hannes schien ganz okay zu sein. Mit ein wenig Planung und gegenseitiger Rücksichtnahme würden wir problemlos miteinander auskommen.

Meiner weihnachtsfreien Auszeit am Meer stand nichts mehr im Weg.

- Kapitel 3 -

Ausschlafen. Ankommen. Entspannen.

Genauso hatte ich es mir vorgestellt.

Mein erster Ferientag ließ sich wunderbar an. Vielleicht lag es daran, dass ich tatsächlich dreizehn Stunden am Stück gepennt hatte. Oder daran, dass Hannes und ich gestern noch ein paar grundlegende Regeln vereinbart hatten. Wie auch immer. Heute sah die Welt schon ganz anders aus. Draußen vor dem Fenster strahlte die Sonne, in mir strahlte die Ferienlaune.

Als ich nach einer ausgiebigen Dusche mit nassen Haaren und im Jogginganzug zum Frühstücken nach unten ging, rechnete ich damit, Hannes über den Weg zu laufen. Stattdessen fand ich einen Zettel von ihm auf dem Küchentisch. *Bin heute den ganzen Tag unterwegs. Die Kaffeepads findest du in der blauen Dose im Regal. Im Kühlschrank sind Wurst, Käse, Milch und Eier.*

Toast liegt im Brotkasten. Nimm dir, was du magst und hab eine schöne Zeit!

Okay. Na dann. Wenn er meinte.

Ich gönnte mir ein ausgiebiges Frühstück, briet mir zur Feier des Tages ein leckeres Käseomelette – aus Eiern von freilaufend glücklichen Hühnern, nicht aus Flüssigei, wie im Hotel – und genoss die Stille. Die hatte ich mir nach dem holprigen Start gestern auch verdient.

Später lümmelte ich satt und zufrieden auf der gemütlichen Eckbank. Ich beschloss, dass es mir egal sein konnte, wenn meine Haare beim Trocknen an der Luft ein Eigenleben entwickelten und sich kringelten. Sobald ich nach draußen ging, würden Wind und Wollmütze sowieso jede Bemühung zunichte machen. Also tat ich, was ich sonst nie tat: ich ließ die Zügel locker. Innerlich und äußerlich. Ich zog einen der Stühle heran, legte die Füße hoch und schob mir einen von Hannes' Keksen in den Mund. Zufrieden wackelte ich in den dicken Wollsocken mit den Zehen und überlegte, was ich heute alles unternehmen könnte.

Einkaufen? Nach Westerland zum Shoppen fahren? Oder einfach mal die Gedanken baumeln und den Kopf freipusten lassen?

Ja. Abschalten, bewegen und frische Luft tanken, das klang gut. Ich öffnete Komoot auf meinem Handy und ließ mir Wanderwege anzeigen. Vom Leuchtturm aus führte ein Weg am Meer entlang nach Rantum. Nur ab und zu berührte er dabei den Radweg oder die Landstraße. Sylt war am südlichen Ende sehr schmal. Zweieinhalb Stunden einfach, das klang sportlich.

Aber dann entdeckte ich, dass ein Stück vor Rantum das Restaurant *Samoa Seepferdchen* lag und ich nicht die ganze Strecke gehen musste. Es hatte heute geöffnet. Bevor mich die Unternehmungslust verließ, reservierte ich online einen Tisch und ging nach oben, um mich anzuziehen.

Verflixt. Das funktionierte ja mal überhaupt nicht. Irgendetwas machte ich falsch.

Aber was?

Abschalten. Ausatmen. Meer tanken. Auszeit für die Seele. So hieß es mit schöner Regelmäßigkeit in den Lifestylemagazinen. Klang einfach. War es aber nicht. Obwohl ich schon seit über einer halben Stunde abseits der Zivilisation an Marschwiesen, Sanddünen und sanft gluckerndem Watt vorbeiwanderte, schnatterten die Affen in meinem Kopf munter weiter. Je mehr ich versuchte, an nichts zu denken, desto mehr dachte ich an *alles*.

Was hatte mich geritten, mir ausgerechnet vor Weihnachten Urlaub einzutragen? Das war doch verrückt. Und verantwortungslos noch dazu. Bis zum Jahresende standen noch drei, nein, vier Firmenevents auf dem Plan. Und anstatt als selbstständige Unternehmerin und Führungskraft mit gutem Bespiel voranzugehen und vor Ort zu sein, stapfte ich wie ein Michelinmännchen eingehüllt in verschiedene Schichten von Kleidung *über eine einsame Nordseeinsel*! War ich irre?

Schnaufend blieb ich stehen. Viel beeindruckende Aussicht war nicht. Das lag am Seenebel, der gerade aufzog. Dabei hatte eben noch die Sonne geschienen.

Was wohl gerade in der Agentur los war? Hoffentlich kam Anja mit den Verantwortlichen bei der Fortis Finance Group zurecht. Die *änderten* alle fünf Minuten ihre Meinung und hätten sogar das bereits abgesegnete und viermal komplett überarbeitete Konzept noch mal über den Haufen geworfen, wenn ich ihnen nicht vor meiner Abreise ebenso nachdrücklich wie geduldig und freundlich versichert hätte, dass es dafür nun zu spät sei. Ich griff zum Handy und wählte die Kurzwahl zu Anja.

„Anja? Alles klar bei dir?"

„Sicher. Hier ist alles bestens. Hast du etwas auf dem Herzen oder wolltest du nur mal Hallo sagen?", fragte sie gut gelaunt.

Ich kam mir einigermaßen doof vor.

„Nö. Ich … ähm … war mir nur nicht sicher, ob wir auf der Liste stehen hatten, dass an der Weihnachtsfeier der Fortis Finance Group keine harten Sachen ausgeschenkt werden. Im letzten Jahr ist es wohl ziemlich eskaliert, weil einige der Führungskräfte sich im Beisein ihrer Teams die Kante gegeben haben. Na ja, du weißt ja, wie das läuft", sagte ich und kam mir noch bescheuerter vor, weil ich die Aufgabe komplett an Anja delegiert hatte und es keinen *wirklichen* Anlass gab, durchzuklingeln.

Abgesehen von meinem schlechten Gewissen.

„Mit dem Barkeeper habe ich gestern persönlich gesprochen. Er weiß Bescheid", erklärte sie fröhlich. „Mach dir keinen Kopf. Du bist im Urlaub. Entspann."

„Will ich ja." Frustriert starrte ich auf den wabernden Nebel über dem Watt. „Aber dann kommt immer etwas dazwischen. Gedanken und so."

„Auweia", meinte Anja mitfühlend. „Vielleicht solltest du mal detoxen?"

„Kräutertee und Fasten?" Ich schüttelte mich. „Meinst du das hilft?"

„*Handy*detoxen. Schalt das Ding aus und leg es weg."

„Versuch ich ja. Klappt aber nicht", erwiderte ich fröstelnd. Wenn ich mich nicht bewegte, wurde es unangenehm *kühl. Mit dem Handy am Ohr ging ich weiter.* „Es ist wie mit Yoga. Ich hasse Yoga. Und ich hasse es, wenn meine Gedanken ruhig werden sollen. Dann denke ich über all die Dinge nach, an die ich sonst *nicht* denke. Wo bleibt denn da die Erholung?"

„Hm … ich vermute, Yoga ist eher Typsache", meinte Anja nachdenklich. „Und was das Ausspannen im Urlaub betrifft, gib dir Zeit. Das kommt schon noch. Du legst gerade eine Vollbremsung hin. Vom durchgedrückten Gaspedal runter auf Null. Da kommt man schon mal ins Schlingern."

Ich nickte schweigend. Damit hatte sie wohl recht.

„Was machst du denn gerade?", fragte Anja in mein Schweigen hinein.

„Spazierengehen. Am Meer entlang. Dann Mittagessen in einem Restaurant und zu Fuß wieder zurück." Mit zusammengekniffenen Augen musterte ich das verwitterte Schild am Wegrand. Eine Warnung vor Zwergen und Ekke Nekkepenn, dem Meermann. Haha. Sollten sie mal lieber ein Schild aufstellen, das vor Leuchtturmbesitzern warnte, die munter ihrem Weihnachtsfaible frönten.

„Wenn du nicht abschalten kannst, dann zieh dir doch einen Podcast rein. Oder ein Hörbuch. Aber nichts, das mit Arbeit zu tun hat. Vielleicht einen Liebesroman oder so", schlug Anja vor.

„Oder einen Krimi, passend zur Umgebung", erwiderte ich mit Blick auf die verhangene Landschaft.

„Was auch immer. Hauptsache, du setzt dich nicht so unter Druck. Die Entspannung kommt von selbst. Abwarten und Tee trinken."

Ich hörte auf Anjas Rat. Ein halbes Hörbuch und einen Sylter Pannfisch später saß ich an einem der Tische im *Samoa Seepferdchen* und blickte aus dem Fenster. Vor mir auf dem Tisch eine Tasse Tee.

Notiz an mich selbst: Entspannung funktionierte nicht mit dem Brecheisen.

Seufzend legte ich beide Hände um meine Teetasse. Irgendwie ein tröstliches Gefühl.

Ich hatte mein Privatleben zu lange auf Eis gelegt. Dafür drängte nun all das an die Oberfläche, womit ich mich das ganze Jahr nicht hatte auseinandersetzen wollen.

Ob das gut war? Ich bezweifelte es.

Vielleicht fehlte mir der Mut. Oder die Energie. Oder es war der falsche Zeitpunkt. Meine Kehle wurde eng. Bloß nicht weinen.

Ich trank meinen Tee aus und zahlte.

Mit dem Loslassen und Abschalten war ich für heute durch. Ich beschloss, zurück zum Leuchtturm zu gehen und das zu tun, was mir in solchen Situationen immer half.

- Kapitel 4 -

„Hannes? Das Internet funktioniert nicht. Kannst du bitte mal schauen?", rief ich vom oberen Ende der Wendeltreppe. Ich versuchte beherrscht zu klingen, aber das nervöse Quietschen in meiner Stimme war unüberhörbar.

Ich wartete. Nichts rührte sich.

„Hannes?" Ich schob mir das Headset von den Ohren und streckte den Kopf über das Geländer der Wendeltreppe.

Hannes antwortete nicht. Ich lehnte mich vor und versuchte, um die Kurve zu spähen. Aber alles, was ich sah, war weiße Wand. Vielleicht war er unten in der *Küche?* Das Leben im Leuchtturm hatte seine Tücken. Wieso gab es hier keine Sprechanlage? Musste ich wirklich die vielen Treppen nach unten rennen, um mit meinem Vermieter zu sprechen, und dann wieder hinauf? Wie nervig. Stöhnend richtete ich mich auf.

Mit einem gezielten Wurf schleuderte ich den Controller auf das Sofa, auf dem ich eben gesessen hatte, und machte mich auf den Weg nach unten.

Ich traf Hannes im ersten Stock. In der Hand hielt er einen Putzschwamm. An seinem Hals baumelten Headphones, aus denen gedämpft *Holly Jolly Christmas* klang. Eine der Regeln, die wir vereinbart hatten: Weihnachtmusik nur über Kopfhörer!

„Ich dachte mir doch, dass ich etwas gehört habe." Schulterzuckend sah er mich an. „Was ist denn?"

„Das Internet. Es funktioniert nicht", sagte ich aufgeregt. „Könntest du bitte herausfinden, was da los ist?"

„Na klar. Liegt bestimmt am Router. Der hat manchmal eine Macke. Aber dann muss man nur den Stecker ziehen und einen Neustart machen, und alles funktioniert wieder astrein. Ich putz rasch das Waschbecken fertig, dann kümmere ich mich."

„Das Waschbecken übernehme ich." Entschlossen deutete ich auf den Schwamm in seiner Hand. „Dann kannst du dich direkt um den Router kümmern."

„Wie du möchtest."

Während er nach oben eilte, ging ich ins Bad und putzte los. Ich polierte gerade mit einem trockenen Tuch den Wasserhahn, als Hannes nach mir rief.

„Sophia?"

„Ja?" Ich eilte hinaus in den schmalen Flur.

Hannes wirkte äußerst zufrieden mit sich. „Alles paletti. Der Router funkt wieder. Du kannst losballern. Abendessen in einer halben Stunde? Ich muss den Eintopf nur wärmen und etwas verfeinern."

„Prima. Hab vielen Dank." Mit einem Lächeln auf den Lippen sauste ich nach oben. Dort warf ich mich auf die Couch, schnappte mir den Controller und startete Warzone. Der Militärhubschrauber kreiste über dem Einkaufszentrum irgendwo in Urzikstan. Etwas selbstverliebt betrachtete ich meinen Avatar. Ich gefiel mir als Mara, mit den gestählten Muskeln, dem pechschwarzen Pagenkopf und dem Munitionsgürtel über der Schulter.

„Wir rocken das, Baby! Es ist Zeit, eine alte Rechnung zu begleichen. Holen wir uns das Kopfgeld!", feuerte ich Mara an. Dann drückte ich die B-Taste, um sie aus dem Hubschrauber springen zu lassen. Sie sprang, aber nicht weit.

„Das gibt's doch nicht! Nicht schon wieder!" Finster starrte ich auf das eingefrorene Bild. Es dauerte zwei, drei Sekunden, dann lief die Animation weiter, nur um gleich wieder zu stoppen.

„Was ist denn das für ein Mist." Aufgebracht drückte ich auf den Knöpfen des Controllers herum. „Herrgott noch mal! Das darf doch jetzt nicht wahr sein!"

Erneut sprintete ich ins Treppenhaus und lehnte mich übers Geländer. „Hannes? *Hannes*?"

Nichts.

Die Kopfhörer. Spit-zen-mä-*ßig, wirklich spitzenmäßig. Ich knirschte mit den Zäh*nen und rannte nach unten in die Küche.

„Hannes?" Er stand mit dem Rücken zu mir und rührte in einem Topf. Dabei trällerte er *Jingle Bells Rock*.

„Hannes?" Ich tippte ihm von hinten auf die Schulter.

Er wirbelte herum und zog die Kopfhörer ab. „Sophia. Hast du mich erschreckt. Alles gut?“

„Eben nicht.“ Ich zwang mich durchzuatmen. „Das Internet spinnt schon wieder! Könntest du bitte noch mal nach dem Router sehen?“

„Klar. Rühr du mal weiter.“ Er drückte mir den Kochlöffel in die Hand und eilte davon.

Na, der war ja witzig. Ich und kochen? Für Omelette oder Fischstäbchen reichte es gerade mal, aber Eintopf? Skeptisch tauchte ich den Löffel ein. Sollte das so blubbern? Vielleicht sollte ich die Hitze etwas herunterdrehen, bevor alles eindickte oder unten anbrannte?

Ich sprintete zur Treppe. „Hannes? Einfach nur rühren, oder was?“, rief ich von unten.

Keine Antwort. Wahrscheinlich hatte er wieder die Kopfhörer auf.

Und jetzt? Ich eilte zurück an den Herd. Kurzentschlossen schüttete ich etwas kaltes Wasser in den Topf. Na bitte. Zumindest warf der Eintopf jetzt keine spritzenden Bläschen mehr. Ich rührte geduldig. Der Geruch von Thymian, Knoblauch und *Kümmel drang in meine Nase. Mein Magen knurrte.* Ich nahm etwas davon auf den Löffel, pustete und probierte. Es schmeckte unglaublich lecker.

„Schon hungrig?“

Ich wirbelte herum.

„Eintopf ist Nahrung für die Seele, wenn man ihn mit Liebe kocht“, sagte Hannes grinsend. „Wie findest du ihn? Gehört da noch mehr Paprikapulver ran?“

„Passt wunderbar.“ Ich zog den Topf von der Platte. „Was macht der Router?“

Hannes lehnte sich mit dem Rücken gegen die Arbeitsplatte und schob die Hände in die Taschen. „Der funktioniert problemlos."

„Aber woran liegt es dann?" Ich zog fragend die Augenbrauen hoch.

„Vermutlich am Seenebel. Oder am Wind. Oder an der Kälte draußen. Oder der Router schwächelt und reicht nicht bis ganz nach oben."

„Und jetzt?"

„Na ja." Er fuhr sich mit der Hand in den Nacken. „Auf die Gefahr hin, dass du jetzt sauer reagierst, aber am besten tragen wir den Monitor und den restlichen Kram hinunter in den ersten Stock. Vielleicht richtest du dich am Tisch im Gang ein? Der Router hängt nämlich direkt unter der Arbeitsplatte."

„Ich soll also neben die Wichteltür ziehen. Die du immer noch nicht weggeräumt hast." Bedeutungsvoll rollte ich die Augen.

„Das wäre sicher die beste Lösung. Und die Wichteltür verschwindet sofort."

„Dieser Leuchtturm ersetzt einem echt die Mitgliedschaft im Fitnessstudio", meinte ich seufzend. „Also schön. Los geht's."

„Wollen wir nicht bis nach dem Abendessen warten?"

„Könnten wir es auch gleich machen? In einer Stunde gibt es ein In-Game-Event. Vorher will ich noch alles checken, um sicherzugehen, dass es dann auch wirklich läuft."

„Alles klar." Er schüttelte lächelnd den Kopf. „Ich verstehe zwar nichts vom Zocken, aber dass es dir sehr wichtig ist, ist nicht zu übersehen. Komm, räumen wir die Sachen nach unten."

Als Möbelpacker hatten wir inzwischen Routine. In Rekordzeit hatten wir meine Ausrüstung nach unten in den ersten Stock transportiert und alles wieder angeschlossen.

Mit einem Kribbeln im Magen setzte ich mich auf den bequemen Lederstuhl, den Hannes von igrendwo geholt und gegen den runden Schemel vor der Arbeitsplatte ausgetauscht hatte, und lehnte mich zurück.

„Daumen gedrückt." Hannes lehnte mit der Schulter gegen die Wand und nickte mir aufmunternd zu.

Ich holte tief Luft und startete das Spiel.

„Es funktioniert! Hurra! Das Signal scheint hier wirklich besser zu sein. Der Abend ist gerettet!"

„Das freut mich für dich. Auch wenn ich nie verstanden habe, was der Reiz daran ist, serienmäßig Leute abzuballern." Er zuckte die Schultern. „Ist dein reales Leben nicht spannend genug? Oder musst du Aggressionen abbauen?"

„Tatsächlich sind Ballerspiele eigentlich nicht dazu geeignet, Wut oder Zorn auszulassen. Es hat eher was damit zu tun, sich auf eine klare Aufgabe zu konzentrieren und die restliche Welt auszublenden. Außerdem ist jeder gute Schuss eine Belohnung für das Gehirn", erklärte ich schulterzuckend.

„Also eher so was zum Abschalten? So in Richtung von Bogenschießen?", fragte Hannes.

„So ähnlich, obwohl ich Bogenschießen noch nicht ausprobiert habe", meinte ich zögernd. „Im Job muss ich ständig Probleme lösen und auf Knopfdruck kreativ sein. Manchmal hängt mein Gehirn fest. Wenn ich dann etwas ganz anderes mache und eine Runde zocke, kommen mir danach richtig gute Ideen."

„Was machst du denn beruflich?" Er musterte mich interessiert. „Warte, sag nichts ... Lass mich raten ... Souveränes Auftreten. Geschmackvoll aufeinander abgestimmte Kleidung. Dein Jogginganzug stammt von einer Designermarke. Also würde ich darauf tippen, dass du im Job etwas präsentieren musst. Daher ..." Er zögerte kurz. „... Finanzbereich? Rechtswesen?"

So sah er mich also? Als Paragraphenreiter oder Zahlenschubser? Damit hätte ich nicht gerechnet. Aber das bewies nur wieder einmal, wie wenig wir uns kannten. „Leider falsch", erklärte ich also. „Ich bin selbstständig. Allerdings stammen viele meiner Kunden aus der Finanzbranche, da passt man sich vermutlich unbewusst an."

„Selbstständig womit?" Er war offenkundig gespannt auf meine Antwort. Dieser Blick ...

„Ich habe vor ein paar Jahren eine Eventagentur gegründet. Es läuft super, aber dafür arbeite ich oft zehn Stunden und mehr am Tag. Besonders im letzten Quartal des Jahres. Da überschlagen sich die Firmen mit Weihnachtsfeiern. Das bedeutet, dass ich ab Juni damit beschäftigt bin, auf Messen zu gehen, Ideen zu sammeln, die mit Schnee und Winter zu tun haben, den Großhandel nach Weihnachtsartikeln abzuklappern, Gastrotrends zu analysieren, die zu den Feiertagen passen, und so weiter. Du ahnst nicht, was für eine Herausforderung es ist, wenn man bei dreißig Grad

Hitze Lebkuchen und Glühwein testet! Bis dann der Dezember kommt, ist man mit dem Thema so durch, dass man laut loskreischen möchte, wenn im Radio *Last Christmas läuft.* Deswegen, und weil ich dringend mal abschalten muss, habe ich mir diesen Leuchtturm mitten im Nichts gesucht. In der Hoffnung, dem ganzen Weihnachtsgedöns zu entgehen."

Ups. Wo kam das denn auf einmal her? Warum erzählte ich so viel von mir? Hannes hatte doch nur wissen wollen, was ich beruflich machte. Angelegentlich zupfte ich eine imaginäre Fluse von meiner Jogginghose.

„Ach du meine Güte." Er nickte langsam, als würde ihm plötzlich einiges klar. „Und dann kommst du am Leuchtturm an und findest mich hier vor und die ganze Weihnachtsdeko. Das muss ein ziemlicher Schock gewesen sein."

„War es auch." Ich schielte zu ihm hoch. „Dir liegt wohl viel an Weihnachten?"

„Ich mag die Weihnachtszeit. Ist mir irgendwie total wichtig." Er zögerte und rieb sich den Nacken. „Eigentlich wollte ich ja verreisen. Auf eine Hütte in den Bergen. So mit richtig viel Schnee und Schlittenfahren. Aber dann ist etwas dazwischengekommen. Aber davon lasse ich mir das Fest nicht verderben. Ganz sicher nicht! Ich werde am Vierundzwanzigsten meinen Baum aufstellen, am ersten Feiertag *Gänsebraten essen und all das tun, was ich sonst auch immer* an Weihnachten mache."

Ich seufzte. „Womit wir wieder bei unseren unterschiedlichen Erwartungen wären. Ich frage mich immer noch, wie wir die nächsten Wochen miteinander aushalten sollen. Trotz Regeln. Irgendwie ist das so ähnlich wie … na ja, als wolltest du das Fenster immer geschlossen halten, und ich will es immer offen stehen haben. Das eine schließt das andere aus."

„Hör zu." Er wirkte schuldbewusst. „Ich habe das vermasselt, daher werde ich mein *Möglichstes tun, damit du dich trotz allem hier wohlfühlst.*"

„Ein funktionierender Router würde mich schon sehr glücklich machen." Ich deutete auf den Monitor.

„Mensch, Mensch, das Problem haben wir zumindest schon mal gelöst." Er schien zu überlegen. Dann trat ein Glitzern in seine Augen „Weißt du, eigentlich ist es doch großartig, dass wir beide so unterschiedlich sind. Besser könnte es doch gar nicht sein! Das passt perfekt zusammen."

„Ähm … auf welche Begründung stützt sich deine These?" Verdutzt starrte ich ihn an. Hannes hatte entweder einen gewaltigen Dachschaden oder einen merkwürdigen Drang, alles in einem positiven Licht zu sehen. Vielleicht auch beides.

„Lass es mich erklären." Beschwichtigend hob er die Hände. „Sieh es mal so, wir haben beide klare Standpunkte. Das ist doch die beste Voraussetzung für die nächsten Tage! Ich muss mich nicht verpflichtet fühlen, meine Weihnachtsgans mit dir zu teilen, und du musst dich nicht verpflichtet fühlen, mir Gesellschaft zu leisten, wenn ich in meiner Küche bei Zimtsternen und Punsch sitze. Das ist doch viel wert!"

Ich hatte einige Mühe, seiner Logik zu folgen. Aber da er gerade so ausgesprochen gut drauf war, beschloss ich, den Moment zu nutzen. Ich reckte das Kinn ein wenig. „Was ist mit den Wichteln und dem anderen Zeugs? Die wolltest du doch *längst* wegräumen. Und jetzt steht immer noch alles voll mit Weihnachtsdeko."

„Tja, das wollte ich gestern noch erwähnen." Er zupfte sich das Ohrläppchen. „Leider brauche ich das noch. Aber nach dem lebenden Adventskalender kommt alles weg."

Ich machte runde Augen. „Lebender Adventskalender? Was um alles in der Welt ist das denn?"

„Das ist eine sehr gesellige Weihnachtstradition auf der Insel. Ich bin mit dem Leuchtturm bald dran. Natürlich bist du herzlich eingeladen."

Lebender Adventskalender … Sofort schossen mir Bilder durch den Kopf. Ich fantasierte drauf los. „Man versucht zu erraten, hinter welcher Haus*tür sich die nächste Überraschung verbirgt und wer richtig rät, bekommt eine Tüte Plätzchen? Oder jeden Tag Glühwein*trinken, und wer bis zum vierundzwanzigsten durchhält, hat gewonnen? Oder Tür-zu-Tür-*Überlebenstraining, und jeden Tag gibt es eine Challenge zu meistern, wie zum Beispiel Weihnachts*karaoke oder Rentieryoga?"

Hannes Mundwinkel zuckten verdächtig. „Mann, du sprühst ja nur so vor Ideen. Das ist echt gut, wirklich! Bisher haben wir es eher schlicht gehalten. Jeden Tag gehen an einem anderen Haus die Weihnachtslichter an und die Leute besuchen sich gegenseitig. Aber du inspirierst mich gerade. Vielleicht könnten wir hier am Leuchtturm ja Feuerschalen aufstellen, Weihnachtslieder singen, Kastanien rösten …"

„Oder wir lassen es“, erwiderte ich entsetzt. Das konnte er mir doch nicht wirklich antun? Ich versuchte, einen Punkt unter die Verhandlungen um die Weihnachtsdeko zu setzen. „Also, verstehe ich das richtig, nachdem du diese Weihnachtsparty im Leuchtturm geschmissen hast, dünnst du die Deko aus?“

„Auf jeden Fall.“ Er legte den Kopf schräg und musterte mich intensiv. „Aber es könnte sein, dass eventuell vorübergehend ein paar mehr Dinge hier herumstehen. Ich muss noch ein bisschen was vorbreiten.“

Na bravo. So weit zum Thema Verhandlungserfolg. Ich seufzte. „Und was heißt das genau?“

„So ein Upcycling-Projekt, das ich auf dem Schirm habe“, druckste er herum.

Mir schwante Übles.

„Doch nicht noch mehr Deko, oder?“ Ich zog eine Augenbraue hoch.

„Das … trifft es leider ziemlich auf den Punkt.“ Er fing meinen Blick auf und machte einen Schritt auf mich zu. „Warte. Lass es mich dir erklären. Auf dem Boot fällt nach der Saison eine ganze Menge Zeugs an, das ich sonst nur zum Wertstoffhof fahren müsste. Fischernetze, Seile, all so ein Zeug. Einen Teil davon verschenke ich nach der Feier an Freunde. So haben die Sachen noch eine sinnvolle Verwendung.“

Wieder musterte er mich mit diesem intensiven Blick. Etwas in mir kribbelte. So wie gestern, als ich meinte, eine sich heranschleichende Verbindung zwischen und zu spüren. So unterschwellig wie eine leise Ahnung. Er hatte aber auch diesen unwiderstehlichen Charme an sich, dem ich mich nur schwer entziehen konnte.

Entschlossen *löste ich mich aus dem Blickkontakt.* Noch mehr Bauchkribbeln konnte ich momentan nicht vertragen.

„Na gut, dagegen ist schwer etwas einzuwenden", meinte ich leichthin. „Du hast also ein Boot?"

„Jo. Is wohl so." Damit schien alles gesagt.

„Aha?" Ich verkniff mir das Grinsen.

„Na ja ... Wenn es dich interessiert, mein Vater war Fischer. Aber damit kann man heutzutage kein Geld mehr verdienen. Also habe ich umgesattelt und mache mit dem Kutter von April bis Oktober Ausflugsfahrten zu den Seehundbänken. Ich bin zwar kleiner als die Konkurrenz, aber ich komme rum. In der Saison fließt ja noch das Geld aus der Vermietung des Leuchtturms mit rein."

„Und wo wohnst du dann?"

„Auf dem Kutter. Nur eben im Winter nicht. Da mache ich es mir im Leuchtturm gemütlich."

Nachdenklich musterte ich sein Gesicht, das noch leicht gebräunt von Wind und der See wirkte. Plötzlich erinnerte ich mich wieder, dass auf dem Reservierungsportal ein Banner neben meiner Buchung aufgepoppt war: *Sie haben Glück. Normalerweise steht dieses Objekt im angegebenen Zeitraum nicht zur Verfügung.*

Was war ihm wohl dazwischengekommen?

„So, ich überlasse dich jetzt mal deinem Spiel", unterbrach Hannes meine Gedanken. „Kommst du zum Essen runter oder soll ich dir etwas hochbringen?"

„Wenn es dir nichts ausmacht, bleibe ich lieber hier und behalte den PC im Blick. Nicht, dass doch wieder alles abstürzt."

„Optimistisch denken", erwiderte Hannes leichthin und verschwand nach unten.

Zwei Minuten vor der Zeit wählte ich mich in das Spiel ein.

Auf die Sekunde genau legten wir los. Mein Team war klasse. Gemeinsam definierten wir Rollen und stimmten Strategien ab, um den Gegner zu überlisten. Meine Endorphine liefen auf Hochtouren. Ganz am Rande meines Bewusstseins bekam ich mit, dass Hannes irgendwann an mir vorbeischlich und in sein Zimmer ging. Von drinnen hörte ich ein Quietschen und Knarren. Abgelenkt blickte ich kurz auf. Ging er schon zu Bett? Mit einem Schulterzucken wandte ich mich wieder dem Spiel zu.

Gleich darauf war ich im Endgame. Gerade lief die siebte Spielrunde. Nur noch ein weiteres Teammitglied und ich waren übrig. Die sichere Zone war sehr klein, aber wir befanden uns in einer starken Position. Ich war ruhig und fokussiert. Reaktionsschnell duckte ich mich, positionierte mich neu und setzte den finalen Kopfschuss.

Es machte *zip* und das Bild war weg. *Disconnected from the server* stand da.

Vor Entsetzen stand mir der Mund offen.

Das passierte doch jetzt nicht wirklich?

Das WLAN konnte doch nicht im entscheidenden Moment schlapp machen?

Einem hysterischen Anfall nahe bewegte ich die Sticks wild hin und her.

Nichts passierte.

Das war's. Aus für mich kurz vor dem Sieg. Die Runde war vorbei, bevor ich die Chance hatte, zu reconnecten. Ich schimpfte wütend vor mich hin, während ich den Stecker am Router zog und nach einer Minute wieder einstöpselte.

Immer noch nichts. Ich richtete mich auf und stieß mit dem Kopf gegen die Tischplatte.

„*HANNES!*", rief ich frustriert und rieb mir den schmerzenden Schädel.

Im Gästezimmer rumpelte es, als würde Hannes mit beiden Beinen aus dem oberen Etagenbett springen. Dann riss er die Tür auf, mit nacktem Oberkörper und in Schlafshorts. „Was ist? Einbrecher? Brennt es?"

„Nein. Dieses mistige Internet! Schon wieder! Gerade im entscheidenden Moment. Ich war nur einen Move davon entfernt, die anderen zu erledigen. Stecker ziehen hilft auch nicht, das habe ich schon probiert", keuchte ich.

„Das tut mir leid." Er schenkte mir einen mitfühlenden Blick. Seinem verknitterten Aussehen nach zu urteilen, schien er schon geschlafen zu haben.

„Wie konnte denn das passieren?", jammerte ich. „Wieso ist denn das WLAN jetzt endgültig gestorben?"

Er deutete vielsagend mit dem Daumen über seine Schulter. „Die Wichteltür. Ich sagte doch, es bringt Unglück, wenn man sie wegräumt."

„Ach komm schon!", zischte ich wütend. „Du willst mich doch nur veralbern. Aber ich sage dir eines: Das ist nicht komisch! Überhaupt nicht komisch."

„Na ja." Er kratzte sich den Kopf. „Ich hatte dir gesagt, dass das mit dem Internet hier manchmal Glücksache ist."

„Na prima. Und jetzt?"

„Wir gehen ins Bett. Wenn es an der Technik liegt, lässt sich mitten in der Nacht nichts machen. Schlaf schön." Gähnend nickte er mir zu und verschwand in sein Zimmer.

- Kapitel 5 -

Als ich am nächsten Morgen aufwachte, schien eine fahle Wintersonne durch das Fenster. Ich schlug das Federbett zurück und tappte auf nackten Füßen über die Holzdielen. Brr, war das eisig kalt im Zimmer. War jetzt etwa auch noch die Heizung ausgefallen? Bibbernd schlang ich die Arme um meinen Oberkörper und spähte hinaus.

Die Dünen sahen aus wie mit Puderzucker bestreut. Es hatte leicht geschneit und der Strandhafer war mit Raureif *überzogen*. Am Strand waren Spaziergänger unterwegs, dick eingemummelt mit Mütze und Schal. Ein brauner Labrador tollte mit großen Sprüngen über den Sand. Über der Brandung kreisten Möwen. Wie idyllisch. Verzückt hauchte ich gegen die Scheibe und malte mit dem Zeigefinger eine Schneeflocke auf das beschlagene Glas.

Mit einem Gähnen streckte ich mich und holte meinen dicken, weißen irischen Wollpullover aus dem Schrank, ein langärmliges Shirt mit einer wärmenden Kaschmirbeimischung für drunter und gefütterte, schwarze Leggings. Damit würde sogar eine Frostbeule wie ich den Tag überstehen. Aber zuerst brauchte ich eine heiße Dusche.

Genüsslich ließ ich so lange heißes Wasser über mich laufen, bis ich krebsrot war. Dann trocknete ich mich ab, zog mich an und lief nach unten.

„Moin“, begrüßte mich Hannes fröhlich. Er hielt mir eine kleine Tasse Espresso hin. „Schwarz oder mit Zucker?“

„Schwarz ist perfekt. Vielen Dank“, sagte ich mit einem Lächeln. „Genau das, was ich jetzt brauche.“

„Gut geschlafen?“

„Ja, danke. Aber in meinem Zimmer ist es eisig kalt. Funktioniert die Heizung nicht?“

„Doch, aber da die meisten Gäste gern kühl schlafen, schaltet die Steuerung um zweiundzwanzig Uhr ab und morgens um neun wieder an. Das hat sich bewährt und spart Energie. Wenn du möchtest, dass dein Schlafzimmer nachts beheizt wird, musst du das manuell am Thermostat einstellen. Steht alles im Hausprospekt.“

„Welcher Hausprospekt?“ Irritiert blies ich in meine Tasse.

„Der weiße Ordner auf dem Tisch in deinem Schlafzimmer.“

Ach so. Stimmt. Da war was. Wie peinlich, dass mir das nicht aufgefallen war.

Hannes senkte das Kinn und wirkte ehrlich zerknirscht. „Gestern hast du lange geschlafen, da störte es nicht weiter. Tut mir leid, ich hätte dich vielleicht darauf hinweisen sollen. Für mich ist das hier auch eine Ausnahmesituation. Ich hatte noch nie eine WG zusammen mit einem Gast. Kann ich es wiedergutmachen? Vielleicht mit einem tollen Frühstück? Hast du einen besonderen Wunsch zum Abendessen? Ich könnte dir Pfannkuchen machen oder Eier Benedict?"

„Nicht so schlimm", erwiderte ich mit einem inneren Lächeln. Hannes mochte zwar ein Chaot sein, aber ich fand es süß, wie sehr er sich darum bemühte, dass es mir gut ging.

„Was ist mir dir?" Ich trank einen Schluck Espresso. „Hast du schon gefrühstückt?"

„Schon lange. Ich bin seit sechs auf."

„Wenn das so ist, mach dir keine Umstände. Vielleicht fahre ich in den Ort, suche mir ein nettes Café, frühstücke dort und logge mich im WLAN ein. Ich würde gern recherchieren, welche Technik bei dem Verbindungsproblem helfen könnte. Das Netz hier ist noch immer tot, soweit ich das sehe?"

„Leider ja." Hannes seufzte. „Keine Ahnung, woran es liegt. Eigentlich müsste ich mich ja darum kümmern, aber um ehrlich zu sein, wäre ich dir echt dankbar, wenn du das übernehmen könntest. Ich habe heute ziemlich viel zu tun. Natürlich geht alles, was du an Technik brauchst, auf meine Rechnung. Tut mir echt leid, dich damit zu belasten."

„Keine große Sache", beruhigte ich ihn. „Ich habe Urlaub und nichts weiter vor heute."

„In Hörnum gibt es eine Teestube, das Lütje Teehus. Sehr zu empfehlen. Wenn du leckere Kuchen und antike Einrichtung magst, wirst du es dort lieben. Und es gibt WLAN."

„Perfekt." Ich kippte den letzten Schluck Espresso hinunter und stellte meine leere Tasse in die Spüle. „Dann sehen wir uns später."

Ein Duft nach Zimt und Zucker wehte mir entgegen, als ich wenig später das Lütje Teehus betrat. Ich wickelte meinen Schal ab und schnupperte. Ein warmes, wohliges Gefühl breitete sich in mir aus. Über knarrende, ausgetretene Holzdielen ging ich auf die Theke zu.

„Moin." Die Verkäuferin hinter der Auslage schenkte mir ein fröhliches Lächeln. Ich schätzte sie auf Anfang dreißig. Rote Locken kringelten sich um ihr Gesicht. Mit den Sommersprossen auf Nase und Wangen war sie mir auf den ersten Blick sympathisch. „Was kann ich für dich tun?"

„Moin. Ich würde gern frühstücken. Das heißt, wenn es hier Internet gibt. Ich brauche dringend eine funktionierende Verbindung", erklärte ich.

„Du kannst dich hier problemlos einwählen. Die Zugangsdaten stehen auf dem Schild." Sie deutete auf eine Kreidetafel neben der Kasse.

„Fantastisch. Ist es egal, wo ich sitze?" Ich nahm die Mütze vom Kopf und ließ den Blick durch das Café schweifen. Hier sah es so gemütlich aus wie in einer alten Bauernstube. An den Wänden hingen Delfter Kacheln, um die antiken Tische standen unterschiedliche, alte antike Holzstühle und in dem gemauerten Kamin flackerte ein Feuer. Auf den Simsen über der weißen Holztäfelung an den Wänden standen Grußkarten mit lustigen Sprüchen. Statt der üblichen LED-Kerzen brannten Teelichter in niedrigen, bunten Gläsern. Echte Tannengirlanden verbreiteten einen harzigen Geruch und an den Fenstern hingen Strohsterne.

Damit konnte ich leben.

„Was ist? Du schaust so überrascht", erkundigte sich die Verkäuferin freundlich.

„Wie? Ach so." Ich brauchte einen Moment, bis ich begriff. „Um ehrlich zu sein, habe ich momentan keine Lust auf Weihnachtszeug. Daher bin ich erleichtert, dass es all das hier nicht gibt."

„Na ja, wir haben ja erst Advent. Wo bleibt denn da die Vorfreude, wenn schon alles vor dem Heiligen Abend im hellen Glimmer strahlt?"

Ich nickte. „Sehe ich eigentlich auch so."

„Übrigens, ich bin Greta." Sie reichte mir über die Theke hinweg die Hand.

„Sophia. Schön dich kennenzulernen", sagte ich erfreut.

„Such dir einen Platz aus. Aber vielleicht magst du zuvor bestellen? Schau mal hier, unsere heutige Kuchenauswahl. Es gibt Brownies mit Apfelstückchen oder mit flüssigem Schokokern, Friesentorte, Stollen, Früchtebrot."

„Du lieber Himmel. Da klingt alles himmlisch." Ich stand da, musterte die Auswahl und konnte mich nicht entscheiden. Am liebsten hätte ich von jedem ein Stück genommen, auf die Gefahr hin, einen Zuckerschock zu erleiden. Schließlich einigte ich mich mit meiner Vernunft. Zwei Stücke gingen in Ordnung. War ja schließlich Urlaub. Ich hob den Finger und deutete auf die Auslage. „Ich nehme ein Brownie mit flüssiger Schokolade. Und ein Stück Friesentorte. Backt ihr das alles selbst?"

„Tun wir, und ja, gute Wahl." Greta lud mit der Zange einen Brownie auf einen Teller mit blauem Blumenmuster, dann lud sie ein Stück Friesentorte auf einen roséfarbenen Teller mit Rosenmuster und stellte beides vor mir auf den Tresen. „Bitte schön. Möchtest du auch etwas trinken?"

„Gern." Ich betrachtete das Schild über der Theke. „Tote Tante?", las ich kichernd. „Was ist das denn bitte?"

„Das gleiche wie ein Pharisäer. Den trinkt man hier im Winter mit Vorliebe auf den Inseln. Nur mit Kakao statt Kaffee. Aber Sanddornrum ist trotzdem drin."

„Oha! Dann hebe ich mir den lieber für das nächste Mal auf. Ist ja noch Frühstückszeit. Vielleicht stattdessen einen Friesentee?"

„Kommt sofort."

Ich nahm mein Handy und wählte mich mit dem Password ins WLAN ein. Dann schnappte ich mir die Kuchenteller und setzte mich an einen freien Tisch neben dem Kamin. Ich wischte über das Display und ging auf die Suche nach einer Lösung für mein Internetproblem.

„Hier. Dein Tee."

„Prima", meinte ich, in Gedanken bei dem Router. Ich kräuselte die Stirn und blickte zu Greta hoch.

„Sag mal, gibt es auf Sylt keinen größeren Elektromarkt? Oder einen Gaming Shop? Im Internet habe ich nichts gefunden"

„Es gibt nur ein paar kleinere Läden. Was genau brauchst du denn?"

„Einen Gaming-Router. So was wie diesen hier." Ich hielt ihr mein Handy entgegen.

„Ich glaube nicht, dass du damit Glück hast." Greta schüttelte den Kopf.

„Ach Mist", entschlüpfte es mir. „So ein Pech aber auch, dass die Internetverbindung im Leuchtturm ständig abbricht."

„Du wohnst bei Hannes?", sagte Greta erstaunt.

„Ähm …ja. Wundert dich das?"

Greta verzog das Gesicht. „Schon ein wenig. Das Leben meint es gerade nicht gut mit ihm. Er hat einiges hinter sich. Deswegen bin ich verwundert, dass er an einen Gast vermietet. Eigentlich wollte er für sich sein und in aller Ruhe Weihnachten feiern."

„Verstehe", murmelte ich. In diesem Moment wurde mir einiges klar. Der abgesagte Urlaub, die E-Mail mit der Absage, die er nicht gesendet hatte. Da war wohl etwas Entscheidendes passiert. Etwas, das seine Welt gewaltig aus den Angeln gehoben hatte. Langsam verschob sich das Bild, das ich mir von Hannes gemacht hatte. Ich begann, ihn und sein Verhalten in einem anderen Licht zu sehen. Sein überschwänglicher, gewöhnungsbedürftiger Humor. Die verbissene Entschlossenheit, Weihnachten genauso zu verbringen wie immer. Nicht einmal die Wichtel durften ihren angestammten Platz verlassen.

Und dann kam ich hereingeschneit und brachte alles durcheinander.

„Um noch mal auf den Router zurückzukommen", durchbrach Greta meine Gedanken. „Du könntest im Internet bestellen und ihn dir liefern lassen. Das funktioniert genauso schnell wie auf dem Festland."

„Gute Idee. Das mache ich. Danke für den Tipp", sagte ich leicht benommen.

Die Türglocke bimmelte.

„Kundschaft", meinte Greta. „Ich lass dich dann mal."

Ich griff zum Handy und öffnete Google.

Ein paar Klicks später und ich war gerettet. Der Elektronikversand sagte mir die Lieferung des Routers für morgen zu. Zufrieden legte ich das Handy beiseite und goss mir Tee aus der Kanne ein.

Es war wirklich gemütlich hier in dem kleinen Café mit der liebevollen Einrichtung, dem leise im Kamin knackenden Feuer und all den vielen kleinen Details, die so entscheidend für das Gesamte waren. Hyggelig eben. Erfrischend anders als der Einheitsbrei an steriler Einrichtung, den ich aus den großen Hotelketten gewohnt war. Die tiefgefrorenen, im Konvektor erhitzten Kuchenstücke, die einem dort vorgesetzt wurden, besaßen alle die exakt gleiche Größe und Form, so als müssten sie einer EU-Norm entsprechen. Vermutlich war das auch so. Geschmacklich hatte sich die internationale Vereinigung der Hotelmanager anscheinend auf gezuckertes Pappmaché geeinigt. Wieder dachte ich an meine Agentur. Sollte ich vielleicht das Kuchen-Catering auslagern und an eine Konditorei übergeben, die qualitativ und geschmacklich hochwertige Waren produzierte? Ich war kurz davor zum Handy zu greifen und mich auf die Suche zu machen. Dann fiel mir ein, dass ich hier war, um zu entspannen.

Entschlossen schob ich alle Gedanken an den Alltag beiseite und schaltete mein Handy auf stumm.

Im Hier und Jetzt zu leben, darum ging es doch, oder?

Der Tee dampfte in der Tasse vor sich hin. Der Brownie roch so intensiv nach Schokolade, dass mir bereits vom Duft das Wasser im Mund zusammenlief. Mit der Gabel stach ich in die glänzende Kruste. Der flüssige Kern lief wie samtige, dunkle Lava aus dem fast schwarzen Teig. Genüsslich schob ich mir einen Bissen davon in den Mund. Hm … Himmlisch!

Langsam kam Urlaubsstimmung in mir auf.

Draußen trommelte der Regen gegen die Fenster. Es war ziemlich stürmisch. Aus meinem geplanten Bummel über den Hafen würde nichts werden und auch den Strandspaziergang konnte ich mir vermutlich abschminken. Nicht mal Westerland würde bei dem Wetter Spaß machen.

Ich nahm mir alle Zeit der Welt, meinen Tee zu trinken und den Kuchen zu verputzen.

Mein Blick fiel auf die Uhr. Halb elf.

Und jetzt?

„Sophia?“ Hannes klopfte zum zweiten Mal gegen meine Schlafzimmertür. Mein Blick fiel auf die Uhr. Kurz vor sechs. Ich hatte den Tag mit Nichtstun verbracht.

Mit einem tiefen Stöhnen zog ich mir die Wollmütze tief über die Ohren. Ich hatte schon versucht, das erste Klopfen zu ignorieren. Mit ungefähr null Erfolg.

„Sophia? Essen ist fertig. Kommst du runter oder soll ich es dir hochbringen?"

Obwohl mir leicht übel war, stopfte ich mir die letzte Nougatkugel in den Mund. „Ich habe keinen Hunger", erwiderte ich mampfend.

„Du verpasst was. Meine Pellkartoffeln mit Lachs und Grünkohl sind sensationell. Ehrlich. Wenn du die mal probiert hast, flehst du mich an, dass ich dir das Rezept gebe."

Ich rollte die Augen. Wie es aussah, gab Hannes nicht so leicht auf. Also schlug ich die Bettdecke zurück und schlurfte zur Tür. Im Flur roch es tatsächlich sehr lecker nach Kohl und gebratenem Fisch. „Es tut mir leid, aber ich kann jetzt wirklich nichts essen."

„Sodbrennen?" Er sah mich mitfühlend an.

„Eher nicht. Komm rein, wenn du möchtest." Ich drehte mich um und tapste zurück zum Bett.

„Ach du liebe Güte." Hannes zog die Tür hinter sich zu. Er blieb stehen, sah sich um und lachte schallend. „Da scheint aber jemand sehr frustriert zu sein."

„Schon möglich." Ich zuckte die Schultern und strecke ihm einen halb aufgefutterten Adventskalender entgegen. „Möchtest du? Nimm ruhig. Ich habe noch zwei von den Dingern. Im Supermarkt gibt es sie zum halben Preis."

„Nein, danke." Er musterte mich grinsend. „Was hast du vor? Alle Schokoladennikoläuse vernichten, damit sie dich nicht an Weihnachten erinnern?"

„So ungefähr“, murmelte ich düster. „Eigentlich wollte ich mir nur meine Lieblingsfrühstücksflocken kaufen. Aber dann waren die Regale vollgestopft mit Weihnachtssachen. Ich kam mir vor, als wäre ich in diesem Dorf am Nordpol gelandet, in dem der Weihnachtsmann lebt. Schluck Rotwein?“

„Meinetwegen“, meinte er amüsiert.

Ich nahm ein unbenutztes Glas aus dem Regal und schenkte ein. Dann ließ ich mich wieder auf mein Bett fallen. „Setz dich ruhig. Oder brennt dir in der Küche etwas an?“

„Keine Sorge. Dampft alles auf kleiner Flamme vor sich hin.“ Er zog sich einen Sessel heran und machte es sich darin bequem. Sein Blick wanderte zu dem Tablett auf der Bettdecke und zu den leeren Schokopapierchen, die überall verstreut lagen. „Ist das Dinkelstollen? Mit Rosinen?“

„Gab's auch im Supermarkt.“ Ich brach ein Stück ab und reichte es ihm auf einer Weihnachtsserviette. „Hier, für dich. Und fürs Protokoll, das hier ist eine Ausnahme. Normalerweise ernähre ich mich eher gesund.“

Er beugte sich vor, um das Gebäckstück entgegenzunehmen, und maß mich mit einem durchdringenden Blick. „Was ist los?“

Ich verzog das Gesicht. „Ich hatte einen Gaming-Router im Internet bestellt. Er sollte morgen geliefert werden. Aber kurz darauf kam eine Mail, in der stand, dass sich die Lieferung verzögert.“

„Deswegen sitzt du hier und schiebst Frust?“ Er sah mir ernst ins Gesicht, als ahnte er, dass mehr dahintersteckte.

„Probier mal. Es ist wirklich lecker", sagte ich ausweichend und deutete auf die Scheibe Stollen, die er auf seinem linken Knie balancierte, ohne davon versucht zu haben.

„Volles Verständnis, wenn du nicht reden möchtest." Er warf mir einen langen Blick zu. „Ich dachte nur, ich frag dich trotzdem. Falls du jemanden brauchst, der dir zuhört."

„Lass gut sein." Ich pflückte ein Stück zerknitterte Folie von der Bettdecke und strich sie zwischen zwei Fingern glatt.

„Wie wäre es mit einem Tapetenwechsel?", schlug er vor. „Wir könnten einen Spaziergang nach Hörnum machen. Bewegung baut Stress ab."

„Wer sagt, dass ich Stress habe?"

Wortlos deutete er auf die beiden geköpften Schokonikoläuse.

Mit leerem Blick starrte ich vor mich hin.

„Na schön", meinte ich dann. Ich setzte mich auf und schob mir die Wollmütze in den Nacken. „Gib mir eine halbe Stunde. Ich springe schnell unter die Dusche."

„Mach das." Er legte das Stück Stollen beiseite. Mit dem Glas Wein in der Hand erhob er sich und schritt zur Tür. „Dann esse ich schon mal. Sicher, dass du nichts möchtest?"

„Sicher. Aber danke, es riecht wirklich lecker."

„Ich hebe dir etwas auf, falls du an der frischen Luft Appetit bekommst." Seine Hand lag auf der Klinke, er drehte den Kopf über die Schulter. „Übrigens, du musst dich nicht schick machen."

„Warum sagst du das? Ich denke, wir gehen nur spazieren?“

„Jo. Tun wir auch. Bis nach Hörnum. Dort legen wir einen Zwischenstopp im Hölzernen Wal ein.“

„Und was tun wir da?“, erwiderte ich missmutig. „Ist das eine Kneipe?“

„*Eine* Kneipe? Mensch, das ist *die* Kneipe!“ Hannes gestikulierte begeistert. „Dienstags im Hölzernen Wal? Dartspielen und der Shanty-Chor? Noch nie davon gehört?“

Ich schüttelte den Kopf.

„Legendär! Das musst du erlebt haben, wenn du auf Sylt bist. Du wirst dienstagabends nie wieder woanders sein wollen.“

- Kapitel 6 -

„Aloha heja he, aloha he …“, hallte es durch den Hörnumer Hafen und über das trockenfallende Watt. Ein heller Vollmond schien durch die zerfetzte Wolkendecke. Der Sturm hatte sich gelegt, dafür war es nun eisig kalt bei feuchter Luft. Dick eingemummelt mit Mütze, Schal und Handschuhen stapfte ich mit Hannes auf das reetgedeckte Backsteinhaus zu.

Das Singen hörte auf, als wir uns näherten. Ein geschnitzter hölzerner Wal schaukelte im Wind und quietschte in seiner Halterung über dem Eingang der Hafenkneipe. Eines der Fenster war gekippt. Von drinnen erklangen Stimmengewirr, Gläserklirren und Stühlerücken. Dann *übertönte* schallendes Gelächter den sonstigen Geräuschpegel.

„Prost, Jungens“, rief eine tiefe Stimme jovial. „Leven is een Fest!“

„Laten wie eenen opde goede Tiet drinken“, kam es zurück.

Zögernd verlangsamte ich meine Schritte.

„Öhm … vielleicht drehe ich wieder um und du gehst allein rein? Das ist wohl eher was für Einheimische.“ Ich warf Hannes einen unsicheren Blick zu.

„Kneifen gilt nicht“, erwiderte er gut gelaunt. An seinen dunklen Wimpern hatten sich feine Eiskristalle festgesetzt. Er trat sich die Stiefel auf der Fußmatte ab, zog die Mütze vom Kopf und strich sich ordnend über das Haar. „Wenn es dir nicht gefällt, verschwinden wir, okay?“

„Na schön.“ Schulterzuckend folgte ich ihm nach drinnen.

Es roch nach Bier, gebratenem Fisch, Kohl und leicht muffig nach altem Leder. Der Gastraum war rappelvoll. Alle Tische waren belegt, an der Bar drängte es sich ebenfalls. Das Publikum war bunt gemischt. *Ältere* Männer mit wettergegerbten Gesichtern, dazwischen deutlich *jüngeres Publikum*, und alle gut drauf. Der Barkeeper hinter der Theke ließ Bier aus dem Zapfhahn fließen. Zwischendurch schenkte er Schnaps aus, während er darauf wartete, dass der Schaum auf dem Bier sich setzte.

Ich schälte mich aus meiner dicken Winterjacke. Die Deko bestand hauptsächlich aus altersdunklen Ölgemälden, Fischernetzen und Schiffskram. Kein Weihnachtsschmuck bis auf wenige Tannenzweige und Christbaumkugeln, die über der Theke hingen. Fasziniert betrachtete ich das Herzstück der Kneipe: eine antike Galionsfigur, die aus der Theke ragte.

Dargestellt war eine barbusige, blondgelockte Meerjungfrau mit einer leicht angeschlagenen Nase. Ich fragte mich, welche Geschichten sie wohl zu erzählen hätte, wenn sie reden könnte.

Hannes trat neben mich. „Und? Gefällt es dir?"

„Sehr", erwiderte ich begeistert. „Es ist urig und gemütlich. Fast wie ein zweites Wohnzimmer."

„Das ist es für die meisten auch. Der Hölzerne Wal stärkt den Zusammenhalt auf der Insel, und ohne Zusammenhalt *würde hier nichts funktionieren.*" Er deutete an mir vorbei auf das lange Ende der Theke. „Da drüben ist mein Kumpel Flo. Wollen wir rasch Hallo sagen?"

„Gern!" Ich musste meine Antwort schreien, denn in diesem Moment stimmte der Shanty Chor *Rolling Home* an, woraufhin alle in der Kneipe zu stampfen und zu singen anfingen, als wären sie eine hochmotivierte Background-Group, die abliefern wollte.

Wir schoben uns durch die Menge. Ein junger Mann mit braunem Haar, gepflegtem Bart und leuchtend blauen Augen entdeckte Hannes und winkte uns herüber. Einige der Umsitzenden rückten mit den Stühlen zusammen, sodass wir uns dazu quetschen konnten. Hannes und Flo begrüßten sich mit gegenseitigem Rückenklopfen. Dann rief Flo Hannes etwas ins Ohr, das ich nicht verstand, und Hannes antwortete. Viel weiter reichte das Gespräch zwischen den beiden nicht. Es wunderte mich nicht weiter, denn bei dem Krach hier drinnen konnte man sich ohnehin nur unterhalten, wenn man sich heiser schrie.

Hannes drehte mir den Kopf zu. Mit fragender Miene deutete er auf Flos Bierglas. Ich nahm an, er wollte wissen, ob ich auch ein Frischgezapftes wollte. Also nickte ich und bekam kurz darauf mein Bier.

„So, Leute. Jetzt legen wir 'ne Pause ein. Wir gehen 'n büschen frische Luft schnappen“, verkündete einer der Sänger des Shanty-Chors über das Mikrophon, als die letzte Note verklungen war. Die Männer marschierten nach draußen.

„Hi. Wir kennen uns noch nicht.“ Flo beugte sich vor und schüttelte mir die Hand.

„Hi!“, sagte ich *lächelnd.* Flo wirkte sympathisch.

„Sophia, das ist Flo. Er labert manchmal ein bisschen viel, aber sonst ist er ganz in Ordnung. Wie kennen uns seit der ersten Klasse“, stellte Hannes uns vor. „Flo, das hier ist Sophia aus Hamburg. Sie wohnt über die Feiertage im Leuchtturm.“

„Im Ernst?“ Flo blickte ungläubig. „Hattest du nicht gesagt, dass du deine Ruhe willst und dir Frauen gestoh…“

Er brach mitten im Satz ab, weil er von Hannes einen Stoß in die Rippen kassierte. Ich hatte es genau mitbekommen, obwohl Hannes so tat, als hätte er Flo nur aus Versehen den Ellbogen in die Seite gerammt.

Hannes drehte sich zu mir um. „Schmeckt dir das Bier?“, erkundigte er sich beflissen.

Sein Ablenkungsversuch war in etwa so dezent wie ein sich am Strand wälzender Wal, der unentdeckt bleiben wollte.

„Sehr lecker“, gab ich zurück und lehnte mich etwas weiter über die Theke, um Blickkontakt mit Flo aufzunehmen. „Was machst du so, Flo? Bist du auch Fischer?“

Er winkte ab. „Nein, das wäre nichts für mich. Ich arbeite im Fitnessstudio."

Aha. Daher also die Bizepse, die sich unter seinem Pullover wölbten, und der muskulöse Oberkörper.

„Krafttraining?", hakte ich nach. „Oder gibt es bei euch auch Kurse?"

„Klar, das auch. Alles, was es so gibt, Zumba, Step-Aerobic, Bauch-Beine-Po", zählte er auf. „Und du? Was machst du so?"

„Ich bin Eventmanagerin. Und bevor du etwas sagst, nein, es ist längst nicht so aufregend, wie du vielleicht glaubst. Die meiste Zeit toure ich durch Deutschland. Auf Dauer ist das in etwa so, als würde man auf Montage arbeiten. Ich *übernachte ständig im Hotel.*"

„Also stammen deine Kunden nicht aus Hamburg?", erkundigte sich Flo interessiert.

„Doch, einige schon. Aber ich werde auch oft weiterempfohlen. Oder Geschäftsleute buchen mich, die auf einem meiner Events waren", antwortete ich. „Aber vielleicht können wir über etwas anderes als den Job reden? Ich habe in den vergangenen Wochen einen Marathon hinter mir, was Weihnachtsfeiern betrifft. Inzwischen bin ich so weit, dass der Anblick von Lametta bei mir Schreikrämpfe auslöst. Ich möchte von den Feiertagen nichts hören oder sehen."

„Aha." Flo blickte zwischen Hannes und mir hin und her. „Und wie funktioniert das dann mit euch? Hannes ist nämlich fest entschlossen, sein Weihnachtsprogramm genauso durchzuziehen wir jedes Jahr, obwohl Bentje … Autsch." Flo brach ab und verzog schmerzhaft das Gesicht.

„Was ist?“, fragte ich irritiert.

„Krampf im Fuß. Passiert immer, wenn ich hart trainiere und zu wenig Magnesium nehme“, presste Flo hervor. Er warf Hannes einen durchdringenden Blick zu.

„Jo. Dann pass mal besser auf dich auf.“ Kameradschaftlich tätschelte Hannes Flos Schulter. „Ach, schau mal! Da drüben sitzen Hildrun, Else und die anderen Damen vom Romméclub. Sophia, soll ich dich vorstellen? *Wäre doch vielleicht nett, oder?*“

Ich spähte in die Richtung, in die Hannes deutete, und entdeckte die grauhaarige Dame mit dem lockigem Kurzhaarschnitt, die heute Mittag im Supermarkt an der Kasse gesessen hatte. Daneben saß Greta aus dem Café.

„Klar, warum nicht?“ Schulterzuckend nahm ich mein Bier und winkte Flo zum Abschied zu. „Man sieht sich.“

„In jedem Fall“, gab Flo zurück.

„Spielen wir gleich eine Runde Dart?“ Hannes fixierte Flo mit einem bohrenden Blick. „Du weißt doch, das machen wir *immer* dienstags im Hölzernen Wal.“

„Dart“, erwiderte Flo gedehnt. „Na klar!“

Verdutzt blickte ich von einem zum anderen. Eindeutig lief da etwas im Hintergrund, das ich nicht mitbekommen sollte. Aber was? Ich beschloss, dass es mich nichts anging.

Mit dem Bier in der Hand bahnte ich mir zusammen mit Hannes einen Weg zum Damenstammtisch.

„Hallo, Sophia, schön, dich zu sehen. Setz dich doch.“ Greta lächelte mir zu und r*ückte* auf, um Platz für mich auf der Bank zu machen.

„Sicher, dass ich nicht störe?“

„Ach was, das tust du nicht“, erwiderte Hildrun prompt. Sie trug heute Abend ein Glitzerstirnband um die grauen Locken und hatte dunkelroten Lippenstift aufgetragen. „Du bist herzlich willkommen zu einem Klönschnack mit uns Eingesessenen. Das hier ist Else, sie hatte früher einen Friseurladen. Janne hier war Schäferin und Wiebke hat in einer Bäckerei gearbeitet. Wir haben immer dienstags unseren Stammtisch hier im Hölzernen Wal. Heute fehlen leider ein paar Damen, aber wir hier sind der harte Kern. Stimmt's?“

Alle nickten zustimmend und hießen mich ebenfalls willkommen.

„Hallo, ich bin Sophia. Schön, euch kennenzulernen.“ Lächelnd hob ich die Hand. „Ich bin aus Hamburg angereist. *Über Weihnachten wohne ich* in der Ferienwohnung bei Hannes im Leuchtturm.“

„Na, dann lass ich euch mal und gehe eine Runde Dart mit Flo spielen“, sagte Hannes und machte auf dem Absatz kehrt. Er schien es plötzlich eilig zu haben.

„Hannes ist ein wunderbarer Gastgeber.“ Else strich sich über das perfekt geföhnte, blondierte Haar. „Du wirst dich im Leuchtturm sicher wohlfühlen.“

„Er hat das Herz auf dem rechten Fleck. Immer bereit zu helfen.“ Janne, die Schäferin mit dem kurz geschnittenen silbernen Haar, sammelte die Spielkarten auf dem Tisch ein, sortierte sie zu zwei Stapeln, bog sie durch und ließ sie routiniert ineinander gleiten. „Spielst du Rommé?“

„Ja, und zwar ganz gut. Ich hatte einen Opa, der es mir beigebracht hat“, erwiderte ich, ganz unbeabsichtigt. Plötzlich *fühlte sich mei*n Magen hohl an. Wie konnte mir das so herausgerutscht sein? F*ür einen Moment* hatte ich ganz vergessen, dass ich dieses Thema vor mir selbst verborgen hielt.

Mein erstes Weihnachten ohne ihn. Unvorstellbar.

Opa war mein Herzensmensch gewesen. Mein Fels in der Brandung.

Der Gedanke an ein Weihnachten ohne ihn war so schmerzhaft, dass ich es kaum ertrug. Meine Kehle brannte. Ich spürte Tränen in mir aufsteigen. Beherrscht drängte ich sie zurück und verbarg meine Traurigkeit hinter einem Lächeln.

„Perfekt, dann bist du dabei.“ Janne begann auszuteilen.

„Na, dann bekomme ich endlich mal Konkurrenz.“ Hildrun nahm ihre Karten auf und wirkte äußerst zufrieden mit ihrem Blatt.

„Gute Karten?“, erkundigte sich Wiebke interessiert.

„Im Spiel immer“, gab Hildrun zurück. „Ich wünschte nur, das wäre im echten Leben auch so.“

„Da kommt es immer anders, als man denkt.“ Janne sortierte mit gekr*äuselter Stir*n ihr Blatt. „Wirklich, so ein Pech für den Gnadenhof. Die hätten das Geld dringend gebraucht.“

Greta bemerkte meinen fragenden Blick. „Wir veranstalten jedes Jahr einen Weihnachtsbasar für den Gnadenhof“, klärte sie mich auf. „Aber in diesem Jahr müssen wir die Veranstaltung ausfallen lassen. In den letzten zwei Wochen kam hier ungewöhnlich viel Regen runter. Jetzt versinkt man auf der Festwiese knöcheltief im Schlamm. Da sich das so schnell nicht ändern wird, hat die Gemeinde heute die Genehmigung zurückgezogen."

„Für Merle, die den Gnadenhof leitet, ist das ein harter Schlag." Else seufzte. „Sie kümmert sich so aufopfernd um die Tiere und das Geld ist immer knapp. Sie wird sich ganz schön strecken müssen, um über den Winter zu kommen."

„Wie schade." Ich steckte meine drei Damen zusammen und legte die doppelte Pik Drei verdeckt auf dem Tisch ab, um sie zu werfen, wenn ich an der Reihe war. „Geht es um viele Tiere?"

„Ein paar Ziegen, ein Pony, ein Esel, ein Alpaka, über zwanzig Meerschweinchen, ein Rudel Hunde und dann noch die Katzen. Ach ja, und das Minischwein hätte ich fast vergessen. So, ich komm raus." Triumphierend legte Hildrun Herz As, König und Dame auf den Tisch und dazu drei Fünfen.

„Ich liebe Minischweine", seufzte ich.

„Du solltest erst mal sehen, wie der Esel und das Minischwein zusammen spazieren gehen", meinte Greta lachend und warf eine Karte. „Die beiden sind unzertrennlich. Du bist dran."

Ich nahm die oberste Karte vom Stapel. „Ich komme auch raus", verkündete ich und legte meine drei Damen zusammen mit dem Joker auf den Tisch. „Kann man die Veranstaltung nicht irgendwo anders stattfinden lassen?"

„Schwierig." Hildrun nickte ernst. „Eigentlich käme nur noch der Gemeindesaal infrage. Aber der ist im Advent komplett ausgebucht."

Sofort kamen mir Ideen. „Was ist mit der Grundschule? Da gibt es doch sicher eine Turnhalle? Oder eine Gaststätte mit entsprechenden Räumlichkeiten? Oder eine Scheune, die man nutzen kann. Vielleicht könnte man nach Rantum ausweichen? Oder nach Westerland? Gibt es dort nicht ein Freizeitzentrum?"

Die ganze Runde blickte mich mit großen Augen an.

O weh. Unversehens war ich wieder in meine Rolle geschlüpft. Völlig unbeabsichtigt. Es war wie ein Automatismus. Sobald es um das Thema Veranstaltungen ging, sprang etwas in mir an, und mein Gehirn spuckte wie am Fließband einen Vorschlag nach dem anderen aus.

„Wie, du kennst dich aus?" Else blickte mich durch ihre dicken Brillengläser hindurch gespannt an.

„Nö, das waren nur ein paar so spontane Ideen", versuchte ich das Ganze herunterzuspielen.

„Danke für deinen Input. Aber das haben wir schon alles versucht." Hildrun wedelte gedankenverloren mit ihren Karten durch die Luft. Wiebke neben ihr warf einen ungenierten Blick auf ihr Blatt.

„Da kann ich ja lange auf das zweite Herz Ass warten, wenn du das *auch* hast", beklagte sich Wiebke. „Das nächste Mal misch ich die Karten."

„Wenn du meinst, dass es dann besser ist", gab Janne pikiert zurück. „Du teilst ständig nur Doppelte aus."

„Nett von dir, dass du dich einbringst, Sophia", sagte Greta. „Aber die nahliegenden Optionen haben wir schon alle durch. Die Turnhalle der Grundschule wird gerade renoviert. Geeignete Scheunen oder Räume in einer Gastwirtschaft gibt es nicht, auch nicht in Rantum. Und nach Westerland können wir nicht gehen, weil der Veranstaltungskalender dort rappelvoll ist. Wir bräuchten also wirklich eine ungewöhnliche Lösung. Wenn du also einen Geistesblitz hast, immer gern."

Ich nickte „Falls ja, gebe ich Bescheid."

„Denk doch bitte weiter nach." Wiebke bedachte mich mit einem herzzerreißenden Blick. „Vor allem, weil du Minischweine so liebst. Es wäre schlimm, wenn das arme Ding beim Schlachter enden würde."

„Wiebke!" Entrüstet warf Hildrun ihre Karten auf den Tisch. „Das geht nun wirklich zu weit. Das ist blanke Manipulation. Kein Mensch kommt auf die Idee, das Minischwein zum Schlachter zu schicken, weil Geld fehlt. Das ist doch lächerlich! Wir müssen uns eben alle damit abfinden, dass der Basar ausfällt. Neue Runde. Ich mische."

„Bitte, hier." Indigniert schob Janne die Karten *über den Tisch. „Aber wenn du misch*st, passt überhaupt nichts zusammen. Von jedem Dorf ein Hund."

„Sie meint das Blatt, keine echten Hunde", klärte Greta mich auf.

„Jetzt mal Butter bei die Fische." Else musterte mich durch ihre Brille hindurch. „Kennst du dich mit Basaren aus, Sophia? Es macht mir nämlich ganz den Eindruck."

„Nicht direkt mit Spendenbasaren. Ich besitze eine Eventagentur und plane größere Veranstaltungen für Firmen."

„Dich schickt der Himmel." Hildrun hob die Hände. Ihre Armreifen klirrten. „Natürlich verstehen wir, dass du Urlaub machst, aber deine Hilfe käme wie gerufen."

„Denk an das Minischwein", schob Wiebke hinterher.

„Kein Druck", kritisierte Hildrun mit ernster Miene. „Wenn Sophia uns hilft, freuen wir uns. Und falls nicht, werden wir das respektieren."

„Obwohl wir es sehr schade fänden", murmelte Else halblaut.

„Schluss mit dem Thema, jetzt wird gespielt." Hildrun mischte die Karten und teilte aus.

„Hab' ich doch gesagt." Janne warf einen seufzenden Blick auf ihr Blatt. „Wenn du mischst, passt nichts zusammen."

„Bei mir schon", erklärte Greta triumphierend. „So. Diesmal komme ich zuerst raus. Schaut mal hier …"

Wir spielten eine Runde und dann noch eine weitere. Obwohl keiner mehr das Basarthema ansprach, konnte ich mich nicht mehr wirklich auf das Spiel konzentrieren. Ich *fühlte mich* schlecht, weil mir keine Lösung einfiel. Dabei war ich Expertin, was das Organisieren und Durchführen von Events betraf. Das nagte an mir. Da konnte ich mir hundertmal sagen, dass es nicht meine Baustelle war, es half nichts. Auf mir lastete ein Druck, den ich mir weitgehend selbst machte. So wie immer. Aus meinen Denkmustern kam ich einfach nicht heraus. Außer beim Zocken. Da schaffte ich es, alles andere auszublenden.

Ein eisiger Wind wehte zur geöffneten Tür des Hölzernen Wals herein. Die Männer vom Shanty-Chor kamen von ihrer Pause zurück, mit vor Kälte geröteten Gesichtern. Warmer süßer Duft nach Tabakrauch begleitete sie. Zum zweiten Mal an diesem Abend dachte ich an Opa. In Gedanken sah ich ihn vor mir stehen, mit der Pfeife im Mundwinkel.

Janne sammelte die Karten ein und stapelte sie ordentlich übereinander. „Spielpause", erklärte sie mir schulterzuckend. „Wenn der Chor singt, schunkeln wir mit. Da sind die Karten im Weg."

„Verstehe." Ich unterdrückte ein Gähnen. „Seid mir nicht böse, aber ich würde mich jetzt gern verabschieden. Ich bin wirklich müde."

„Verstehen wir doch", sagte Greta. „Aber wir sehen uns. Spätestens beim Lebenden Adventskalender im Leuchtturm. Hat Hannes dir davon erzählt?"

Ich nickte. „Soweit ich es verstanden habe, ist es eine Art geselliges Beisammensein."

„Richtig. Auf Sylt gibt es diesen Brauch schon sehr lange. Natürlich handelt es sich um einen Adventskalender im *übertragenen* Sinn, wie du richtig bemerkt hast. Die Türen gehen quasi an den Häusern auf. An jedem Abend im Dezember ist jemand anderes dran", erklärte Greta.

„Was ich so gern daran mag, sind die festlich geschmückten Häuser", ergänzte Hildrun. „Alle geben sich immer besonders viel Mühe. Im Dunkeln sieht es wunderschön aus, wenn die Lichter einem entgegenstrahlen. Es ist so eine ganz besondere Atmosphäre, die es eben nur zu dieser Zeit im Jahr gibt."

„Ich mag es, überrascht zu werden", sagte Else. „Wer wann dran ist, wird natürlich schon vorher bekannt gegeben, aber wie der Abend dann abläuft, ist ganz individuell. Manche Gastgeber halten Lesungen ab, manchmal wird musiziert. Dann wieder werden gemeinsam Kerzen gezogen, oder man sitzt einfach nur gemütlich beisammen und unterhält sich."

„Klingt schön." Ich blickte in die Runde. „Dann ist das also eher eine Veranstaltung für die Einheimischen?"

„Nicht nur", sagte Janne. „Jeder ist eingeladen, dazuzukommen und neue Leute kennenzulernen, auch die Gäste."

„Wenn das so ist, feiere ich sehr gern mit euch", beschloss ich spontan.

Das schienen alle gut zu finden. Ich verabschiedete mich und ging Hannes suchen.

Er spielte noch immer mit Flo Dart. Das hieß, eigentlich taten sie nichts weiter, als mit den Dartpfeilen vor der Scheibe zu stehen und sich angeregt zu unterhalten. Als sie mich näher kommen sahen, brach das Gespräch ab.

„Hannes?"

„Hm?" Er hantierte mit den Dartpfeilen herum.

„Ich bin müde und würde gern gehen. Aber lasst euch bitte von mir nicht unterbrechen. Ich finde den Weg allein. Ist ja nicht weiter schwer."

„Ach herrje.“ Bestürzt sah Flo mich an. „War es dir zu langweilig?“

„Nein, überhaupt nicht“, beruhigte ich ihn. „Es war lustig. Wir haben Karten gespielt und uns unterhalten. Wie war es bei euch?“

„Och, ganz okay. Eigentlich wie immer“, erklärte Hannes total beiläufig. „Flo brauchte dringend ein paar Tipps. Weil er beim Eisstockschießen so schlecht ist. Und dann haben wir uns festgequatscht und das Dartspielen vergessen.“

„Aha“, sagte ich. Ich glaubte ihm kein Wort.

„Hier. Nimm du. Ich bringe Sophia nach Hause.“ Hannes drückte Flo die Dartpfeile in die Hand.

„Wie?“ Flo machte ein verdattertes Gesicht. „Sophia, hattest du nicht gesagt, du brauchst keine Begleitung?“

Ich nickte. „Habe ich.“

„Ich komme trotzdem mit“, erwiderte Hannes fest entschlossen. „Bei dem Wetter friert das Schloss an der Eingangstür *öfter mal* fest. Ich will nicht, dass du in der Kälte stehst.“

„Wie du meinst.“ Schulterzuckend reichte ich Flo die Hand zum Abschied. „Auf Wiedersehen. War nett, dich kennenzulernen.“

„Finde ich auch“, sagte Flo mit einem charmanten Grinsen. Ich strahlte zurück.

„Wir sehen uns. Ich schau die Tage mal bei dir vorbei, Hannes“, sagte Flo.

„Mach das“, sagte Hannes.

Wir holten unsere Winterjacken, mummelten uns ein und traten ins Freie.

„So ein schöner Mond." Ich blieb stehen, legte den Kopf in den Nacken und atmete eisige, klare Salzluft ein.

Hannes blickte ebenfalls nach oben. „Tut gut, nicht wahr? Einfach nur dastehen und den Himmel betrachten."

Schweigend standen wir vor dem Hölzernen Wal. Hinter uns quietschte das Kneipenschild im Wind. Drinnen begann der Shanty-Chor zu singen.

„*Gute Nacht, Freunde …*"

Ein Schauer lief mir über den Rücken.

Opas Lieblingslied. Er hatte sich gewünscht, dass es an seiner Beerdigung gespielt wurde, und ich hatte ihm seinen letzten Wunsch erfüllt. Obwohl mein Herz bei jeder Zeile in tausend Stücke zerbrochen war und dann wieder in tausende, und wieder, bis nur noch winzige Splitter übriggeblieben waren. Splitter, die ich auch jetzt wieder in meiner Brust fühlte.

Mach dich nützlich …, hörte ich eine leise Stimme in meinem Ohr flüstern.

Mach dich nützlich. Das hatte Opa immer zu mir gesagt. *Anstatt herumzusitzen, überlege wie du helfen kannst. Dadurch machst du nicht nur die anderen, sondern vor allem dich selbst glücklich.*

Meine Brust wurde eng. Selbst wenn es nur Einbildung war, aber in diesem Moment meinte ich zu spüren, dass mein Opa irgendwo da draußen war und mich sah.

Verflixt. Irgendeine Möglichkeit *musste* es geben, diesen Basar zu retten. Das wusste ich. Ich musste sie nur finden.

Die besten Ideen hatte ich immer dann, wenn ich nicht über eine Lösung nachdachte. Wenn ich vollkommen fokussiert auf eine andere Aufgabe war.

Beim Zocken eben.

Ich brauchte dringend diesen Router.

- Kapitel 7 -

„Lässt sich wirklich nichts machen? Oh. Verstehe. Ja, ebenfalls. Danke schön." Ich beendete das Telefonat, griff zum Stift und machte einen dicken Strich durch den letzten Punkt auf meiner Liste. Frustriert lehnte ich mich zurück und starrte mit leerem Blick aus dem Fenster. Zwei Tage waren vergangen seit meinem Besuch im Hölzernen Wal. Der neue Router war immer noch nicht geliefert worden. Bei den Paketdiensten herrschte Weihnachtschaos.

In der Zwischenzeit hatte ich einige Ideen für den Basar entwickelt. Der rettende Einfall war jedoch noch nicht dabei gewesen. Nichts funktionierte. Ständig lief ich gegen Wände.

Und das ärgerte mich. Maßlos.

Am meisten ärgerte ich mich über mich selbst.

Und je mehr ich mich darüber ärgerte, desto mehr blockierte ich mich geistig.

Ich stand mir also selbst im Weg. Und ich hatte keine Ahnung, wie ich über meine innere Hürde springen und in den Flow kommen könnte.

Klar, ich konnte es darauf schieben, dass mir der Tunnelblick fehlte, den ich sonst beim Zocken bekam und meine Synapsen zum Glühen brachte. An den Tatsachen änderte es nichts. Mir fiel nichts ein.

„Kein Erfolg?" Hannes schaute von dem Fischernetz auf, das er mit einer Gartenschere in Rechtecke schnitt.

„Nein. Wir bekommen keine Genehmigung." Ich beugte mich vor und kritzelte Wellenmuster und Kringel auf meinen Block. Dabei fuhr ich die Linien so oft nach, dass das Papier schon selbst begann, sich zu wellen.

„Aber wieso? Ich fand die Idee spitze. Wenn es für die Aussteller okay ist, dass die Besucher ihre Gärten betreten und zur Not auch mal die Toilette im Haus benutzen dürfen, kann die Gemeindeverwaltung keine Einwände haben."

„Sagst du." Ich warf den Stift auf den Tisch, riss das oberste Blatt vom Block, knüllte es zusammen und versenkte es mit einem gezielten Wurf im Papierkorb. „Angeblich gibt es Sicherheitsvorschriften. Kein Basar auf privat genutzten Grundstücken. Außerdem gab es so etwas bisher noch nie. Genauso wenig wie Plattformen und Stege auszulegen, um die Schlammwiese begehbar zu machen. Und, dreimal darfst du raten – einen Fackelzug zum Spendensammeln gab es natürlich auch noch nie."

„Das Totschlagargument schlechthin." Hannes nahm den Lötkolben aus dem Halter und fummelte an zwei losen Enden des zerschnittenen Fischernetzes herum. „Nur weil es etwas noch nie gab, wird es abgelehnt. Bloß nichts Neues wagen. Es könnte ja schiefgehen. Alles muss schön immer so bleiben, wie es ist."

„Es ist wohl versicherungstechnisch schwierig, weil sowohl Anwohner als auch Besucher gegen mögliche Schäden abgedeckt werden müssten." Ich rümpfte die Nase. „Was machst du da? Es stinkt fürchterlich. Und wieso raucht das so? Ist das normal?"

„Tut mir leid. Verbranntes Nylon." Hannes legte den Lötkolben zurück in die Halterung. „Soll ich das Fenster aufmachen?"

„Ja bitte. Was wird das überhaupt?"

„Deko für den lebenden Adventskalender." Er erhob sich und öffnete das Küchenfenster.

„Wir sind in drei Tagen dran. Ich bastle Windlichter aus alten Fischernetzen und Einmachgläsern. Besser, als wenn ich alles in die Müllverbrennung auf dem Festland bringe."

„Auf jeden Fall." Nachdenklich nahm ich eines der alten Einmachgläser zur Hand und betrachtete es eingehend. „Upcycling schützt die Umwelt. Außerdem sehen die Lichter sicher toll aus, wenn sie fertig sind."

„Moment mal." Er blieb stehen, stemmte die Hände in die Hüften und sah mich überrascht an. „Du fängst doch nicht an, meine Weihnachtsdeko zu mögen?"

„Windlichter kann man das ganze Jahr benutzen", gab ich schulterzuckend zurück. Gleichzeitig kam mir ein Gedanke. „Warte. Wann sind wir beim lebenden Adventskalender daran?"

„*Wir*?", sagte Hannes verdutzt. „Ich dachte, du willst mit dem ganzen Weihnachtskram nichts zu tun haben?"

„Will ich auch nicht“, sagte ich spröde. „Ich dachte nur gerade, dass sich die Windlichter gut auf dem Weihnachtsbasar verkaufen ließen, wenn du sie nicht mehr zum Schmücken des Leuchtturms brauchst. Ich wette, sie würden weggehen wie nichts.“

„Du gibst nicht auf, oder?“ Er maß mich mit einem langen Blick.

„Auf keinen Fall.“

„Viel Zeit bleibt dir nicht mehr.“ Er deutete auf den Adventskalender an der Wand, der schon ziemlich leergefuttert aussah.

„Heilig Abend fällt auf einen Montag“, überlegte ich. „Also könnten wir den Basar direkt davor auf den vierten Advent legen. Das wäre perfekt.“

„Erst mal könnte ich dringend Hilfe beim Dekorieren gebrauchen.“

„Hm“, brummte ich vage, in der Hoffnung, dass Hannes das Thema fallen ließ.

Er tat den Teufel. Stattdessen sah er mich herausfordernd an. „In diesem Raum befindet sich eine Person, die ganz wunderbar geeignet wäre, mir unter die Arme zu greifen.“

„Vergiss es.“ Ich schüttelte den Kopf. „Du weißt, dass ich auf die Insel gekommen bin, weil ich Weihnachten ausblenden möchte.“

„Wie passt es dann ins Bild, dass du mit dem Basar hilfst?“ Er musterte mich eingehend.

„Weil …“ Ich überlegte. Sollte ich Hannes von Opa erzählen? Aber dann würde ich unweigerlich auf das Begräbnis und den ganzen Rest zu sprechen kommen. Etwas in mir versperrte sich. Also winkte ich müde ab. „Ach, vergiss es. Es gibt nicht immer für alles eine Erklärung. Außerdem muss das Minischwein vor dem Schlachter gerettet werden."

„Archie?" Hannes lachte hellauf. „Der wird höchstens totgeknuddelt. Das ist auch wirklich die *einzige* Gefahr für sein Leben."

Ich grinste. „Das Schwein heißt Archie?"

„Jo. Sein Kumpel, der Esel, heißt Walter."

„Die beiden würde ich zu gern einmal kennenlernen." Mein Handy vibrierte. „Entschuldigung." Ich wischte über das Display und las die Mail.

„Das gibt es doch nicht! Hier steht, dass der Lieferdienst versucht hat, meinen Router zuzustellen. Aber da ich dem Fahrer das Einmalkennwort nicht genannt habe, konnte er nicht ausgeliefert werden. Ich verstehe das nicht! Der Paketdienst war doch heute noch nicht hier, oder?"

„Doch. Vorhin, als du unter der Dusche warst. Er hatte ein Paket für mich."

„Aber … aber …", stammelte ich. „Warum hast du dem Fahrer das Passwort nicht gegeben? Ich hatte es doch extra aufgeschrieben. Hier. Auf dem Zettel da."

„Reg dich nicht auf." Hannes schielte vorsichtig zu mir herüber, als befürchtete er, ich könne jeden Augenblick einen schlimmen Ausraster bekommen. „Ich habe nachgefragt, ob er ein Paket für Matthies dabeihat, und er sagte Nein."

„Wie kann denn das sein?", jammerte ich. „Hier steht doch ausdrücklich, dass er das Paket dabeihatte. Ich rufe jetzt mal den Kundenservice des Großhandels an und hake nach."

„Mach das“, meinte Hannes gelassen und griff wieder zum Lötkolben.

„Wieso verstecken die Programmierer die Nummer der Hotline immer so, dass man sie nicht findet?“ Ärgerlich tippte ich auf dem Display herum. „Ach, hier.“

Mit fliegenden Fingern wählte ich die Nummer.

„Legen Sie nicht auf, Sie befinden sich an Warteposition drei“, sagte kurz darauf die automatische Stimme.

Ungeduldig trommelte ich mit den Fingern auf dem Tisch herum.

Eine trommelfellbetäubende Wartemelodie später hatte ich einen Mitarbeiter an der Strippe. Ich nannte ihm die Bestellnummer und schilderte das Problem.

„Bitte bleiben Sie in der Leitung. Ich prüfe das eben für Sie nach“, sagte der Mitarbeiter hilfsbereit und ich landete erneut in der Warteschleife. Ich spürte, wie meine Gehirnzellen Suizid begingen. Wenn ich das Gedudel noch einmal von Anfang an hören musste, dann …

Hannes hatte drei Netze für die Windlichter fertig zusammengelötet, als sich der Mitarbeiter zurückmeldete. „Vielen Dank für Ihre Geduld. Nun habe ich den Fall vorliegen. Der Fahrer hat die Adresse nicht gefunden.“

„Was?“ Ich stand auf und drehte Runden durch die Küche. „Wie kann denn das sein? Er war hier und hat ein Paket an meinen Vermieter geliefert. An dieselbe Adresse.“

„Ich vermerke das eben. Wir unternehmen morgen einen neuen Zustellversuch. Sie bekommen ein neues Einmalkennwort per Mail.“

„Morgen? Aber ich brauche den Router dringend!"

„Wir bedauern sehr, dass es zu Problemen bei der Zustellung gekommen ist. Können wir Ihnen mit noch etwas behilflich sein?"

„Liefen Sie mir einfach den Router. Das ist alles."

„Sehr gern. Sie erhalten die Lieferung zuverlässig innerhalb der nächsten vierundzwanzig Stunden. Vielen Dank für Ihren Anruf. Wenn Sie unseren Service bewerten möchten, bleiben Sie bitte in der Leitung." Es knackte. Die Warteschleifenfolter war zurück.

„Ich glaube nicht." Ich legte auf und tigerte weiter durch die Küche. Ohne stabile Verbindung zu zocken, machte keinen Spaß. Im Gegenteil. Dadurch steigerte sich mein Stresspegel, weil ich ständig aus dem Spiel flog.

„Sophia?"

„Hm?"

„Kann es sein, dass du Bewegung brauchst?"

„Vielleicht." Ich holte tief Luft.

„Wie wäre es mit einem Spaziergang? Ich wollte Austern suchen. Vielleicht möchtest du mitkommen?"

„Austern?" Ich runzelte die Stirn. „Werden die nicht in speziellen Austernbänken gezüchtet, irgendwo am Meeresboden? Was hast du vor? Willst du tauchen? Bei der Kälte?"

Er schüttelte lächelnd den Kopf. „Die Sylter Royal wird in Käfigen gezüchtet. Aber in den letzten Jahren hat sie sich stark ausgebreitet. Inzwischen gibt es weite Flächen im Wattenmeer, die von wilden Austern besiedelt sind. Die darf man sammeln, wenn man einen Angelschein besitzt."

„Austern zum Abendessen?“ Ich hob eine Augenbraue. „Klingt interessant. Jedenfalls habe ich noch nie welche probiert.“

„Dann lass uns losziehen. Schnapp dir deine Gummistiefel und pack dich warm ein.“

„Na gut“, sagte ich. „Gehen wir Austern suchen. Vielleicht kommt mir dabei eine Idee, wie wir den Basar retten können.“

- Kapitel 9 -

Klirrend kalte Winterluft blies mir um die Nase. Eine ganze Weile schon war ich schweigend neben Hannes über das leer gefegte, einsame Watt geschlendert, mit nichts als dem Kreischen der Möwen und dem Knattern des Windes in meinen Ohren. Wir hatten Austern gesammelt, den Blick auf das Watt zu unseren Füßen gerichtet. Dabei hatte mich regelreche Sammelleidenschaft gepackt. Hannes hatte mir erklärt, an welchen Stellen sie sich bevorzugt festsetzten. Schwer zu erkennen waren sie nicht anhand ihrer Größe und ihren gewellten, graugrünen Schalen. Gedanklich hatte ich abgeschaltet und mich darauf konzentriert, die nächste Auster zu entdecken. Nun war mein Eimer voll und mein Rücken müde vom Bücken. Ich stellte den Eimer ab, streckte mich und richtete den Blick auf den endlosen Horizont.

Wolken zogen über den Himmel wie Schiffe, die über raue See getrieben werden. Hier und da brachen fächerförmige Sonnenstahlen durch. Weit draußen leuchtete das Meer in allen nur erdenklichen Blautönen. Ich atmete tief die frische salzige Luft ein. Mit jedem Heben und Senken meiner Brust kam ich ein Stück mehr bei mir an. Der Himmel war fern und nah zugleich. Ich fühlte mich winzig und unbedeutend wie eines der zahllosen Sandkörner. In meiner Seele brannte der altbekannte Schmerz. Meine Gedanken reisten zurück in die Zeit, zu den Weihnachten, die ich als Kind mit meinen Eltern verbracht hatte und später dann nur noch zusammen mit Opa.

Erinnerungen strömten auf mich ein. Jedes Jahr hatten Opa und ich am Abend des Dreiundzwanzigsten den Baum im Wohnzimmer aufgestellt und geschmückt. Mit Christbaumschmuck, der aus lauter Einzelstücken bestand. Im Laufe der Jahre hatten wir sie gemeinsam auf dem örtlichen Weihnachtsmarkt ausgesucht. Alles mögliche war dabei, nur keine einzige Kugel: das Hündchen mit Weihnachtsmütze, die glitzernde Bimmelbahn, die pummelige Ballerina, die Schneeeule aus Harry Potter … der Gartenzwerg, der im Rücken ein Loch hatte, weil Opas alte Cockerhündin unter den Baum gekrochen war und ihn dabei umgeworfen hatte … Jedes Stück war mit einer besonderen Erinnerung verknüpft. Wir freuten uns wie die Schneekönige, wenn wir beim Auspacken des Schmucks auf Teile stießen, an die wir uns zuvor gar nicht mehr erinnert hatten. Wenn der Baum stand und auch der letzte Lamettafaden hübsch fiel, schlossen wir die Wohnzimmertür hinter uns und öffneten sie erst wieder am Heiligen Abend nach unserer traditionellen Fischsuppe. Dann war in unseren Herzen Weihnachten.

Vor einem Jahr wäre mir die Vorstellung absurd vorgekommen, dass ich plötzlich ohne ihn wäre. Und dann war es passiert. Meine Brust wurde eng. Warum hatte ich vor seinem Tod nicht mehr Zeit mit ihm verbracht? Warum hatte ich das Hamsterrad, in dem ich mich beruflich befand, nicht angehalten? So viele Wochenenden, an denen ich im Einsatz gewesen war. So viel Lebenszeit, die dabei verstrichen war. Jetzt wünschte ich mir, ich könnte zurück durch die Zeit reisen bis zu jenem Punkt, an dem ich mich selbst in dem ganzen Trubel verloren hatte. Jeder zusätzliche Auftrag, den ich in meinen ohnehin vollen Terminplan gepresst hatte, erschien so bedeutungslos im Vergleich zu den Dingen, die wirklich zählten, und die ich darüber versäumt hatte.

Hannes trat neben mich. Das Watt machte leise, quietschende Geräusche unter seinen Gummistiefeln. Er stellte den Eimer ab und blickte ebenfalls auf den Horizont hinaus.

„Alles gut bei dir?“, fragte er leise.

Ich zog den Schal fester um mein Gesicht und nickte. „Ja. Ich genieße gerade die Ruhe und die Weite.“

„Großartig, nicht wahr? Ich liebe den Sommer auf Sylt. Aber dieses unbeschreibliche Erlebnis, sich eins mit sich und der Natur zu fühlen, hat man nur im Winter, wenn die Strände leer gefegt sind“, sagte er. In seiner Stimme schwangen eine ganze Menge Emotionen mit.

Ich drehte mich um und suchte seinen Blick. „Wolltest du nie woanders sein?“

„O doch.“ Er lachte kurz und hart auf. „Als junger Mensch konnte ich es nicht erwarten, von hier wegzukommen. Mit achtzehn habe ich auf einem Containerschiff angeheuert und bin eine ganze Zeit lang zur See gefahren. Gefühlt war ich wirklich überall.“

„Du hast alle sieben Weltmeere bereist?“, fragte ich und spürte leises Fernweh in mir aufsteigen.

„Sogar mehrmals. Aber irgendwann kam der Moment, als ich dachte, was will ich eigentlich hier auf dem Schiff? Das kenne ich doch alles schon. Und dann wurde mir klar, dass ich tief im Herzen an den Ort zurückwollte, von dem ich ursprünglich geflohen war. Klingt verrückt, oder?“ Er schüttelte über sich selbst den Kopf.

„Ein bisschen“, erwiderte ich. „Aber ich verstehe, was du meinst. So ungefähr, zumindest. Suchen wir nicht alle einen Ort, an dem sich unser Herz zu Hause fühlt?“

„Ja, das stimmt. Und manchmal übersieht man, dass man ihn bereits gefunden hat.“

Ich seufzte. „Seltsam, dass man vieles erst dann schätzt, wenn man es verloren hat.“

„Ich will nicht neugierig sein. Aber bist du deswegen hier? Weil du etwas verarbeiten musst?“, fragte er sanft.

Ich zuckte die Schultern. Meine Brust war eng.

Hannes schien zu merken, wie ich innerlich mit mir rang. „Entschuldige, ich hätte nicht fragen sollen. Bitte vergiss, was ich gesagt habe.“ Er legte den Kopf in den Nacken und blickte in den Himmel.

Ich spürte, wie sich etwas in mir verschob. Da gab es diesen Teil in mir, der über all das sprechen wollte, was ich zurückhielt. Normalerweise setzte ich alles daran, dieses Flüstern in mir zu überhören. Aber jetzt drängte es an die Oberfläche wie Wellen, die vom Sturm aufgepeitscht wurden und nach oben spülten, was sonst am Grunde des Meeres verborgen lag.

„Mein Opa ist vor einem halben Jahr gestorben", sagte ich mit einer Stimme, die in meinen Ohren merkwürdig dünn und heiser klang. „Er hat Weihnachten sehr geliebt, und ich auch. Wir hatten noch so viel vor miteinander. Aber jetzt ist er weg und ich weiß nicht, wohin mit mir, weil ich es nicht ertrage, darüber nachzudenken, wie viel wertvolle Zeit ich ungenutzt durch meine Finger habe rieseln lassen. Ich wünschte mir so sehr, ich könnte die Jahre zurückdrehen und unser letztes Weihnachten zusammen noch einmal erleben."

Hannes bückte sich, hob einen Kieselstein auf und drehte ihn zwischen den Händen. „Was würdest du anders machen, wenn du euer letztes Weihnachten noch einmal erleben könntest?"

„Ich würde ihm sagen, wie sehr ich ihn liebe. Dass er der wunderbarste Mensch auf der Welt ist. Dass mein Leben ohne ihn ganz anders verlaufen wäre. Dass er mir bei so vielen kleinen Dingen geholfen hat, die im Nachhinein groß waren." Ich schniefte und wischte mir eine Träne von der Wange. „Warum spart man sich all diese Worte auf? Irgendwann steht man am Grab, und ein fremder Trauerredner erzählt all die wunderbaren Dinge, die man dem geliebten Menschen eigentlich selbst hätte sagen sollen, solange er noch gelebt hat. Warum sind wir so blind und begreifen das nicht, solange noch Zeit ist?“, sagte ich unter Tränen.

Sanft und mit einer wohltuenden Selbstverständlichkeit legte Hannes die Hand auf meine Schulter. „Lass es ruhig raus. Manchmal tut das gut.“

Ich starrte auf den weiten Horizont und erlaubte mir, den Schmerz zu spüren. Wellenförmig schwoll er in mir an und ab, bis er mit der Zeit leiser wurde und allmählich verebbte.

„Danke“, murmelte ich und vermied es, Hannes ins Gesicht zu sehen. Ich verstand mich selbst nicht. Warum stand ich hier und erzählte einem Fremden Dinge, über die ich sonst nicht sprach? Mehr noch, ich hatte Hannes erlaubt, einen Blick in mein Inneres zu werfen. Jetzt fühlte ich mich roh und verletzlich.

„Möchtest du hören, was ich glaube?“, sagte er, seine Hand ruhte noch immer auf meiner Schulter.

Ich räusperte mich. „Ja.“

„Ich glaube, wenn jemand stirbt, ist er nicht wirklich weg. Es ist wie mit einem Schiff, dem wir hinterhersehen. Irgendwann verlieren wir es aus dem Blick, weil es hinter dem Horizont verschwindet. Aber es ist nicht wirklich weg. Es ist immer noch da draußen.“

„Danke“, flüsterte ich, hinter meinen Augen brannten Tränen. Hannes' Worte waren tröstlich, schön und schmerzlich zugleich. Tief in mir fühlte ich Einsamkeit. Ich sehnte mich danach, in den Arm genommen und gehalten zu werden.

Nein, es war mehr als ein Sehnen. Ich *brauchte* diese Umarmung. Mehr als alles andere.

Ich hob den Kopf. Hannes Blick ruhte auf mir. Ich hätte versinken mögen in seinen intensiv leuchtenden Augen. „Würde … es dir etwas ausmachen, mich zu umarmen? Ich glaube, ich brauche das jetzt", sagte ich kratzig.

„Komm her", sagte er weich und zog mich an sich. Durch die vielen Schichten Kleidung hindurch spürte ich die Wärme, die von ihm ausging. Viel zu schnell ließ er mich wieder los.

„Dein Opa ist noch immer hier, du kannst ihn nur nicht sehen", murmelte er sanft in mein Ohr. Dann trat er einen Schritt beiseite und bohrte mit dem Gummistiefel nach einer Auster im Watt. Angelegentlich grub er sie aus.

Ich begriff, dass er mir bewusst Raum gab, um mich wieder zu fangen.

„Das ist ein schöner Gedanke. Danke dafür", sagte ich und schlag die Arme um mich.

„Dir ist kalt", stellte Hannes fest. „Wir sollten zurückgehen und uns aufwärmen. Was hältst du von einem heißen Kakao? Oder einem Pharisäer? Momentchen …" Er unterbrach sich und musterte mich gespannt. „Hast du schon mal Sylter Welle probiert? Das ist Glühwein von der Insel."

„Nein. Aber Greta hat mir davon erzählt. Sie meinte, die müsste ich unbedingt mal versuchen", sagte ich mit neu gewonnener Leichtigkeit.

„Da ist was dran. Zufällig weiß ich, wo es die beste Sylter Welle gibt."

„Und wo?“ Ich schnappte mir meinen Eimer.

Hannes bückte sich ebenfalls nach seinem Blecheimer. „Du hast Glück. Ich mache den besten Pharisäer *und* die beste Sylter Welle, die du bekommen kannst.“

„Worauf warten wir dann noch?“, fragte ich grinsend. „Ab nach Hause. Gibt es die Austern auch gleich? Ich bin wirklich hungrig.“

„Das trifft sich gut. Du musst unbedingt meine Soße zu den Austern kosten. Ich habe das Rezept aus Australien, von einem wirklich großartigen Koch“, schwärmte Hannes.

Wir zogen los. Die Nachmittagssonne stand inzwischen tief über dem Horizont und tauchte die Küste in ein warmes Wintergold.

Ein Gedanke spukte durch meinen Kopf. Ich wandte mich zu Hannes. „Darf ich dich auch etwas fragen?“

„Nur zu.“

„Wo wärst du eigentlich dieses Weihnachten gewesen?“ *Und was ist dazwischengekommen,* schob ich gedanklich hinterher, sprach es aber natürlich nicht aus.

„Auf einer Hütte in den Bergen, das sagte ich doch bereits.“ Seine Miene verschloss sich. „Können wir bitte das Thema wechseln? Ich bekomme sonst schlechte Laune.“

„Völlig in Ordnung, wenn du nicht darüber sprechen willst“, versicherte ich.

Er blieb stehen und drehte sich zu mir um. „Tut mir leid, wenn das gerade etwas schroff rüberkam. Aber ich möchte jetzt nicht darüber reden. Irgendwann vielleicht, okay?“

„Du musst nicht darüber sprechen, wenn du nicht möchtest."

„Es liegt nicht an dir. Im Augenblick macht mich die ganze Sache noch zu wütend."

„Wenn das Internet funktionieren würde, könnte ich dir zeigen, wie man Terroristen oneshottet. Das hat etwas extrem Beruhigendes. Die Welt ist so schön einfach und überschaubar, während man zockt", sinnierte ich, während wir weitergingen.

„Machst du es deshalb so gern?"

„Unter anderem", meinte ich vage. „Vor allem aber, weil ich dann nicht über so viele Dinge nachdenke."

„Ich entschuldige mich in aller Form für die miese WLAN-Verbindung im Leuchtturm."

„Entschuldigung angenommen. Schade nur, dass nicht einmal Netflix funktioniert. Auf einen Fernsehabend hätte ich mich gefreut."

„Auf den musst du nicht verzichten. Meine DVD-Sammlung ist ziemlich umfangreich. Bediene dich ruhig, wenn du möchtest."

„Danke. Vielleicht mache ich das", erwiderte ich zögernd.

„Alternativ könntest du mir helfen, den Leuchtturm für den lebenden Adventskalender zu dekorieren."

„Auf gar keinen Fall." Ich winkte entschlossen ab. „Dann lieber DVDs. Und ganz viel Sylter Welle."

„Jederzeit gern." Er lächelte mir zu.

Ich wusste nicht, wie er das geschafft hatte, aber in diesem Augenblick freute ich mich auf einen ruhigen Abend mit Hannes im Leuchtturm, mit Austern und Glühwein.

- Kapitel 9 -

„Geht sofort los. Ich habe die Austern besonders gründlich geschrubbt. Es dürfte kein Sand mehr daran sein. Wenn man das erste Mal im Leben so eine Delikatesse probiert, sollte nichts das Geschmackserlebnis trüben." Hannes legte die Bürste beiseite und trocknete sich die Hände ab.

„Wie geht es jetzt weiter?", erkundigte ich mich gespannt. „Werden sie gekocht? So wie Miesmuscheln? Das fände ich lecker. Oder wie Jakobsmuscheln gebacken?"

„Wir essen sie roh. Wie Sushi. So behalten sie ihren einzigartigen Geschmack und die zarte Textur."

Mit einem flauen Gefühl betrachtete ich die an graue Felsbrocken erinnernden, dickschaligen Muscheln.

„Oh", sagte ich schließlich. „Wow. Äh … Damit hatte ich jetzt nicht gerechnet. Sicher, dass das schmeckt?"

„Absolut. Mir zumindest. Es ist köstlich."

Rohes Fleisch also. Und das fand Hannes *köstlich*?

„Manche überbacken sie, aber das halte ich persönlich für einen groben Fehler", schob Hannes hinterher. „Die meisten bevorzugen einen Spritzer Zitronensaft auf dem Fleisch. Aber meine Vinaigrette schlägt das um Längen. Du wirst sehen."

Mir wurde flau im Magen. Bisher kannte ich Austern nur aus den Vitrinen der Delikatessgeschäfte. In Restaurants hatte ich bisher einen großen Bogen darum gemacht. Die Vorstellung, rohes Fleisch zu schlürfen, fand ich gruselig. Aber Hannes war so beseelt davon, mir etwas ganz Besonderes zu bieten. Also wollte ich ihn nicht vor den Kopf stoßen. Vielleicht schmeckten sie ja besser als vermutet?

„Schau mal bitte." Ich legte den Stößel beiseite und hielt Hannes das Schüsselchen mit dem zerstoßenen schwarzen Pfeffer hin. Der scharfe Geruch kitzelte in meiner Nase. „Passt das so oder feiner?"

„Perfekt! Gibst du es bitte schon mal an die Vinaigrette?" Hannes griff zu einem Messer. „Soll ich dir zeigen, wie man die Austern öffnet? Dann kannst du es gleich selbst probieren."

„Meinetwegen." Wenig überzeugt stellte ich mich neben ihn.

„Zuerst wickelst du ein Geschirrtuch um die Hand, die die Auster hält, damit du dich nicht verletzt. Manche verwenden Handschuhe. Aber das halte ich für übertrieben."

Ernsthaft? Da war ich anderer Meinung. Allerdings gehörte ich zu der Sorte Mensch, die nie ohne Helm

Rad fuhr und im Auto sogar den Gurt anlegte, wenn ich es nur von der Garage auf den Parkplatz vor dem Haus fuhr. Vielleicht war ich übervorsichtig. Also sagte ich nichts.

„Jetzt drehst du die Auster mit der gewölbten Seite nach unten und mit der Spitze nach vorn," fuhr er fort. „Dann stößt du das Messer in das Scharnier und drehst. Autsch!"

„Was?" Erschrocken schielte ich auf Hannes' Hand. „Noch alle Finger dran?"

„Nur ein kleiner Kratzer. Ich bin mit dem Messer abgerutscht. Das ist mir schon ewig nicht mehr passiert." Prüfend betrachtete er seinen Daumen.

„Vielleicht wäre ein Handschuh doch eine gute Investition?", schlug ich vor. „Oder vielleicht könnte man das Ding auch in einen Schraubstock einspannen und dann mit Hammer und Meißel öffnen?"

„Ach was", meinte er gelassen. Erneut setzte er das Messer an.

„Ich kann da echt nicht hinsehen", jammerte ich und schlug mir die Hände vors Gesicht. „Wenn du dir aus Versehen den Finger durchtrennst, rechne nicht mit mir. Beim Anblick abgetrennter Gliedmaßen werde ich sicher ohnmächtig. Und wer fährt dich dann ins Krankenhaus?"

„Sophia!", unterbrach er mich sanft. „Beruhige dich. Es wird nichts passieren. Aber nett, dass du dir um mich Gedanken machst."

Zögernd nahm ich die Hände weg. Wenn es nach mir ginge, hätten wir die Austern vom Speiseplan gestrichen und dafür …

„Wir haben Nachos?“ Begierig warf ich einen Blick auf die Tüte neben der Obstschale. „Die sehen echt lecker aus. Mit Käse überbacken sind die spitze.“

„Warte. Du willst damit nicht sagen, dass du die lieber essen würdest als meine Austern?“ Ausdruckslos sah er mich an.

„Nur so ein Gedanke. Vielleicht nach den Austern?“, erwiderte ich leichthin.

Es knackte.

„Bitte schön.“ Stolz präsentierte er mir die geöffnete Auster.

Würg. Und das sollte ich essen?

„Nur zu“, bekräftigte Hannes strahlend. „Lass dich heute mal verwöhnen.“

Ich lachte verzweifelt auf. Du lieber Himmel. Verwöhnen. Ernsthaft? Instinktiv fühlte ich mit den Leuten mit, die in fremden Kulturen zum Essen eingeladen waren und ekliges Essen verspeisen mussten. Wobei mir gegrillte Heuschrecken lieber gewesen wären als das hier. Aber Hannes wirkte so begeistert. Ich brachte es nicht über mich, ihn zu enttäuschen.

Mit spitzen Fingern griff ich nach der Auster. Dann passierte das Unglück. Die Schale rutschte mir durch die Finger und fiel klappernd zu Boden.

O nein, Das war jetzt nicht wirklich passiert, oder?

Einen Moment standen wir beide schweigend da. Im nächsten Augenblick prusteten wir gleichzeitig los.

„Schade um die Mühe“, meinte ich schließlich. „Aber zumindest wissen wir, dass in dieser Auster keine Perle war.“

„Soweit ich weiß, hat noch nie jemand eine Perle in der Sylter Royal gefunden." Hannes bückte sich und wischte die Bescherung mit einem Küchentuch auf. „Nächster Versuch?"

„Hm, vielleicht sollte ich lieber zusehen als mitzumachen?", schlug ich vor. „Ich weiß nicht, ob ich das mit dem Schlürfen hinbekomme."

„Kneifen gilt nicht. Einfach mal probieren. Könnte ja gut werden. Hier." Er reichte mir das scharfe Messer.

„Was?" Meine Augen wurden rund. „Wieso ich? Auf gar keinen Fall."

„Wir machen das zusammen, okay? Dann weißt du, wie es geht, falls du später mal allein Austern essen möchtest", sagte er mit ruhiger Stimme. „Wickel das Handtuch um deine linke Hand. Jetzt nimm dir eine Auster."

„Na schön. Gibt es welche, die leichter aufgehen?" Prüfend musterte ich die scharfkantigen, schmutziggrauen Schalen.

„Jo. Gibt es." Er zuckte die Schultern. „Aber von denen solltest du die Finger lassen. Wie bei allen Muscheln gilt auch hier: nur die fest geschlossenen essen. Von den anderen wirst du krank."

Ich zwang mich, meinen Widerwillen zu überwinden und griff nach einer Auster. Als Inhaberin einer Eventagentur sollte ich die Chance nutzen. Gedanklich sah ich mich schon im schicken Kostüm vor einer mit Eis und Austern gefüllten Silberschüssel stehen, in der Hand ein blinkendes, scharfes Austernmesser. Unter Applaus der Gäste würde ich souverän die erste

Auster des Abends öffnen. Wenn ich dann noch lernte, wie man mit einem Säbel Champagnerflaschen köpfte, wäre das ein unglaublich beeindruckender, professioneller Auftritt.

„Du hältst sie falsch herum“, durchbrach Hannes meinen gedanklichen Höhenflug.

„So?“ Verunsichert drehte ich die gewölbte Seite der Muschel nach unten.

„Darf ich?“ Hannes trat hinter mich. Plötzlich waren wir uns sehr nahe. Mein Nacken kribbelte.

„Klar“, erwiderte ich über das aufgeregte Pochen meines Herzens hinweg.

Sanft umfasste er meine Hand, mit der ich die Auster hielt. Mit der anderen führte er das Messer. „Jetzt ganz sanft Druck ausüben.“

Ich hielt den Atem an. Erneut ein leises Knacken, und die Auster lag geöffnet in meiner Hand.

„Probiere“, raunte Hannes. Seine Stimme klang dunkel und samtig.

Ich führte die Auster an meine Lippen, während Hannes' Finger immer noch meine umschlossen. Vorsichtig kostete ich. Der intensive Geschmack des Meeres breitete sich in meinem Mund aus. Ich schmeckte eine jodige Note und einen Hauch von Seetang. Tapfer schluckte ich ein glibberiges, leicht schleimiges Stück Fleisch hinunter. Beinahe hätte ich gewürgt, so unangenehm empfand ich die Konsistenz. Wie salzige Alge mit Qualle.

„Igitt“, stieß ich keuchend hervor.

„Nicht dein Ding?“ Er ließ meine Hand los und klang enttäuscht.

„Ich glaube, den Geschmack muss man mögen lernen. Um ehrlich zu sein, weiß ich nicht, ob mein Magen fit ist für weitere Trainingsrunden. Schlimm?“ Langsam drehte ich mich zu ihm.

Unsere Blicke begegneten sich. Ich wusste nicht, was mich mehr durcheinanderbrachte. Seine Nähe oder das ungewohnte Geschmackserlebnis. Für einen Moment schien die Welt sich langsamer zu drehen.

„Überhaupt nicht.“ Ein sanfter Ausdruck schimmerte in seinen Augen. „Austern sind nicht jedermanns Sache. Soll ich dir etwas anderes zu essen machen? Käsenachos oder ein Krabbenbrot mit Spiegelei?“

„Krabbenbrot klingt wunderbar“, seufzte ich. „Aber was machen wir jetzt mit den übrig gebliebenen Austern?“

„Ich stelle sie kühl und bringe sie morgen in den H*ölzernen Wal. Yannick wird sich freuen.*“

Das Krabbenbrot war wirklich lecker gewesen. Danach hatte es noch einen Becher Sylter Welle gegeben. Dazu die viele frische Luft beim Spaziergang. Ich fühlte mich so tiefenentspannt, dass ich am Tisch hätte einschlafen können.

„Müde?“, fragte Hannes.

„Wie hast du das denn gemerkt?“, stotterte ich überrascht.

„Du unterdrückst schon die ganze Zeit ein Gähnen.“

„Stimmt.“ Ich schielte zur Wanduhr. „Allerdings kann ich unmöglich schon um acht ins Bett gehen, sonst wache ich morgen mit den Hühnern auf. Lass uns einen Fernsehabend einlegen."

Ups. Erstaunt hielt ich inne. Hatte ich das wirklich gesagt?

„Du meinst zusammen?" Hannes wirkte so verwirrt, wie ich mich fühlte.

„Na ja." Ich räusperte mich und strich mir eine Strähne meines blonden Pagenkopfs hinter das Ohr. „Warum nicht? Zu zweit macht Filme zu schauen mehr Spaß. Außerdem ist es albern, wenn ich das Turmzimmer in Beschlag nehme, während du in der Küche sitzt."

„Von mir aus gern."

„Also, *Küche aufräumen und dann Film?*", wiederholte ich eine Spur zu fröhlich.

„Jo." Er nickte langsam. Je länger er mich mit diesem Blick ansah, desto verwirrter wurde ich. „Kann ich mit leben."

„Wie, du kannst damit *leben*?", quietschte ich empört. „Das war eben ein ziemlich netter Vorschlag von mir."

„Finde ich auch", meinte er mit einem breiten Grinsen. „Na los, bevor du es dir anders überlegst. Meine DVD-Sammlung wird dir gefallen. Alles Filme, die man unbedingt gesehen haben muss."

„Das sind dein Lieblingsfilme?" Stirnrunzelnd stand ich vor dem Regal mit den DVDs.

Hannes nickte. „Alles Meisterwerke, die für immer im Gedächtnis bleiben."

„Steht zu befürchten", murmelte ich leise.

„Was sagst du?"

Ich räusperte mich. „Siehst du dir gern langatmige, düstere Filme an?"

„Wieso langatmig? Ich finde sie *ausdrucksvoll.*"

„*Killers of the Flower Moon*? *2001 – Odyssee im Weltraum*?" Stirnrunzelnd fuhr ich mit dem Finger über die Rücken der DVD-Hüllen.

Hannes trat hinter mich. Seine Nähe war mir inzwischen so vertraut, dass ich ihn förmlich mit geschlossenen Augen spüren konnte.

„Den hier finde ich super." Er deutete auf *Der Pate*.

„Nicht gerade mein liebstes Genre", sagte ich höflich. „Außerdem ziemlich lang, oder?"

„So knapp drei Stunden. Der hier geht noch länger." Hannes zog *The Irishman* hervor und studierte die Rückseite.

„Wie wäre es mit *Forrest Gump*?", schlug ich vor. „Den würde ich mir gern noch einmal ansehen."

„Hm", machte Hannes. „Was hältst du von *Flatliners*?"

„Ein Horrorfilm? Sehr entspannend. Und so beruhigend." Ich schnitt eine Grimasse. „Vielleicht *Hangover*? Der ist ziemlich witzig. Überhaupt ist es der einzig lustige Film in deiner Sammlung."

Hannes schwieg. Er fuhr mit dem Finger über die Rücken der DVDs, zog einen Mafia-Film heraus und sortierte ihn um. Jetzt stand *Goodfellas* zwischen den Science-Fiction-Filmen.

Irritiert sah ich ihn von der Seite an. Hannes verhielt sich merkwürdig. Aber warum? Wenn er den Film, den ich vorgeschlagen hatte, nicht mochte, warum hatte er ihn dann im Regal stehen?

„Hannes? *Hangover*?“, fragte ich erneut.

„Jo. Können wir machen.“

Augenblick. Hatte er eben leicht gequält geklungen? Oder bildete ich mir das ein? So richtig schlau wurde ich aus meinem Vermieter nicht. Mal war er so positiv gestimmt, dass einem sein Dauergrinsen schon fast auf die Nerven ging. Dann wieder schnappte er zu wie eine Auster.

Ich beschloss, Hannes' Stimmungsschwankungen zu ignorieren, und zog die DVD aus dem Regal. Immerhin hatte er zugestimmt, wenn auch nur zögernd.

„Mach du es dir schon mal auf dem Sofa gemütlich“, sagte er. „Ich schmeiße die Kiste an. Vielleicht möchtest du inzwischen den Sternenhimmel einschalten? Das ist immer ganz gemütlich.“

Ich reichte ihm die Hülle. Während er den DVD-Player startete, experimentierte ich mit den verschiedenen Lichteinstellungen. Schließlich entschied ich mich für dunkelblaues Meeresleuchten. Kuschelig und beruhigend.

„So. Kann losgehen.“ Hannes machte es sich mit maximalem Abstand zu mir auf der runden Couch bequem. Seine Füße ragten ein ganzes Stück über die Lehne, weil er seine langen Beine nicht auf dem Polster unterbekam.

Ich deutete auf seine herabhängenden Unterschenkel. „Sieht ziemlich unbequem aus. Rutsch ruhig näher. Das stört mich nicht.“

„Geht schon, aber danke.“ Mit einem schiefen Grinsen schnappte er sich eines der Kissen und stopfte es sich in den Rücken.

Ich richtete meinen Blick auf den Fernseher. Der Vorspann war abgelaufen. Augenblicklich nahm mich die Kameraeinstellung gefangen: eine wunderschöne Hochzeitstorte, dann Schwenk auf weiße Stühle, weiße Luftballons und weiße Hortensien. Im Hintergrund lief die italienische Version eines Elvis-Presley-Liebesliedes. Eine Traumhochzeit a là Hollywood. Sehnsüchtig seufzte ich in mich hinein. Nicht, dass ich selbst vorhatte, eines Tages im großen Stil zu heiraten. Aber vor dem Fernseher ein wenig vor sich hinzuträumen, fand ich schön. Außerdem zog ich aus glanzvollen Events im Fernsehen oft Inspirationen für meine Arbeit.

Aus dem Augenwinkel nahm ich wahr, wie Hannes unruhig wurde. Er überkreuzte die Beine, löste sie wieder, setzte sich auf, ruckelte an den Kissen herum, verschränkte die Arme, nur um sie gleich darauf wieder zu lösen. Himmel! Was war denn in ihn gefahren? Er schien plötzlich keine Sekunde still sitzen zu können, wo er doch sonst die Ruhe in Person war.

„Hannes?" Ich beugte mich vor und suchte seinen Blick. „Alles okay?"

„Ja, klar", erklärte er finster. Angespannt presste er die Kiefer aufeinander.

Irgendetwas stimmte ganz und gar nicht.

„Ich habe es mir anders überlegt", platzte ich, ohne nachzudenken, heraus. „Lass uns einen anderen Film schauen."

„Warum?" Er musterte mich skeptisch. Auf seiner Stirn stand eine steile Falte. „Eben wolltest du ihn noch unbedingt sehen. Weil er so *witzig* ist." Seine Finger malten Gänsefüßchen in die Luft.

„Na ja“, murmelte ich leicht defensiv, während ich nachdachte.

Klar, ich hätte ihn einfach darauf ansprechen können, was los war. Aber mein Gefühl sagte mir, dass das keine gute Idee war. Hannes war eine Auster. Harte Schale, aber innen verletzlich. Hatte ich nicht erst vorhin erlebt, wie schief es gehen konnte, wenn man versuchte, eine verschlossene Auster mit Gewalt zu öffnen? Wahrscheinlich würde Hannes nur noch mehr zumachen, wenn ich nachhakte.

„Der Film ist doch nicht so gut, wie ich dachte“, erklärte ich daher so beiläufig wie möglich.

„Woher willst du das wissen? Das waren gerade mal drei Minuten.“ Er runzelte verständnislos die Stirn.

„Mir ist wieder eingefallen, dass es im Grunde nur um Alkohol und zügellose Exzesse geht“, improvisierte ich rasch. „Alles wird damit entschuldigt, dass die Jungs nun mal Jungs sind. Überhaupt, Junggesellenabschiede sind megaout. Und dann noch in Las Vegas! Vor fünfzehn Jahren war das vielleicht noch witzig. Inzwischen nicht mehr. Die Zeiten haben sich geändert.“ Ohne ihn anzusehen, nahm ich die Fernbedienung und schaltete auf Stopp.

„Danke“, sagte Hannes. „Ich habe diesen Film echt über.“

„Das habe ich gemerkt“, erwiderte ich und erntete einen erstaunten Blick.

Er lehnte sich zurück. „Du hast feine Antennen.“

„So fein mussten sie in diesem Fall gar nicht sein.“ Ich zuckte die Schultern und gab mich gelassen, trotz des Flatterns in meinem Magen. Wie konnte es sein, dass ich schon wieder diese besondere Verbindung zwischen uns spürte? Ganz ohne Worte, so wie vorhin, am Strand? Merkwürdig, weil wir beide so grundverschieden waren. Aber irgendetwas war da zwischen uns. Ganz eindeutig.

Meine Ohrläppchen glühten. Ich hegte Sympathien für Hannes? *Ernsthaft?* Das musste ich erst mal verdauen.

Schweigend erhob ich mich und ging zu den DVDs hinüber. Über die Schulter hinweg warf ich Hannes einen fragenden Blick zu. „*Forrest Gump*?"

Er zuckte die Schultern. „Den kann ich zwar auswendig mitsprechen, aber dafür bringt der Film es auf den Punkt."

„Du meinst, dass das Leben wie eine Schachtel Pralinen ist? Man weiß nie, was man kriegt?"

„Das auch, aber vor allem die Botschaft, die hinter dem Film steht. Wir denken oft, dass vieles im Leben Schicksal ist. Aber vielleicht sind wir nur Federn, die der Wind vor sich hertreibt? Wo wir landen, ist Zufall."

Nachdenklich runzelte ich die Stirn. „Schwer zu sagen. Vielleicht gilt ja beides? Jedenfalls ist es ein merkwürdiger Zufall, dass ich jetzt zusammen mit dir hier sitze, wo ich doch eigentlich den Leuchtturm gemietet habe, um meine Ruhe zu haben."

„Schlimm?"

„Anders, als geplant. Aber so langsam gewöhne ich mich daran." Ich schob die DVD in den Player und drückte den Knopf. „Wenn erst mal mein Router da ist, ist die Welt für mich in Ordnung."

„Ich wünschte, das könnte ich auch behaupten“, meinte Hannes abwesend. Mit verschlossener Miene starrte er vor sich hin. Auf seiner Stirn stand eine Zornesfalte.

Vielleicht hatte er auch einen Verlust zu überwinden? Obwohl … Würde er dann so sauer reagieren, wenn er an die Vergangenheit dachte? Vielleicht hatte der Urlaub in den Bergen ihn eine Stange Geld gekostet, die jetzt verschwendet war, weil etwas Unvorhergesehenes passiert war?

„Hey, das wird schon wieder“, sagte ich tröstend und ließ mich wieder auf das Sofa sinken.

„Meinst du?“ Er runzelte die Stirn.

„Klar“, sagte ich zögernd. „Nichts bleibt für immer so, wie es ist. Was wir oft bedauern. Aber zum Glück bedeutet das ja auch, dass auch die schlechten Phasen vorbeigehen. Und dann blickt man zurück und fragt sich, weshalb man sich überhaupt so reingestresst hat.“

„Mag sein.“ Umständlich ruckelte er sich auf dem Sofa zurecht. „Manchmal ist es das Beste, einen Schlussstrich unter die Vergangenheit zu ziehen. Aber jetzt lass uns den Film starten. Der geht nämlich ebenfalls ziemlich lang.“

„Einverstanden.“ Ich schnappte mir die Fernbedienung, legte mich zurück auf das Sofa und streckt die Beine aus. Über mir wogte sanft das blaue Meereslicht. Draußen prasselte der Regen gegen die Glasfront, dazu heulte der Wind. Hier im Turmzimmer war es warm, kuschelig und geborgen. Irgendwann in der Mitte des Films wurden meine Lider schwer. Eine ganze Weile kämpfte ich dagegen an, aber dann döste ich doch weg.

Ich wachte davon auf, dass die ersten Strahlen der Sonne über den Horizont kletterten. Der Himmel leuchtete in sanftem Orange-Rot. Verwirrt setzte ich mich auf und strubbelte durch mein Haar. Der Fernseher war aus. Von Hannes keine Spur. Ich schmunzelte in mich hinein. Anscheinend hatte er es nicht über sich gebracht, mich zu wecken. Aber bevor er gegangen war, hatte er sorgfältig eine Wolldecke über mich gebreitet.

Ziemlich süß von ihm. Mein Herz schlug ein bisschen schneller, als ich an gestern Abend dachte.

Moment mal, was redete ich mir da ein? Eben noch hatte ich frei in jenem merkwürdigen Raum zwischen Tag und Traum geschwebt, jetzt war ich hellwach. Erschrocken von den Wegen, die meine Gedanken nahmen, setzte ich mich auf. Hannes hatte das getan, was jeder andere auch getan hätte. Mehr steckte nicht dahinter.

Das musste aufhören. Sich in einem zugegebenermaßen süßen Typen zu verlieben, der in einem einsamen Leuchtturm auf Sylt lebte, wäre … *aussichtslos, weil ohne Zukunft?*

Aber was, wenn es einfach passierte?

- Kapitel 10 -

Es war bereits nach Zehn, als ich nach unten in die Küche ging. Hannes empfing mich mit einem breiten Grinsen. „Guten Morgen. Ausgeschlafen?"

„Guten Morgen. Ja, danke." Gähnend ließ ich mich auf einen der Küchenstühle sinken. „Tatsächlich war ich schon bei Sonnenaufgang wach. Eigentlich wollte ich dann gleich unter die Dusche gehen. Aber mein Bett hat so gemütlich ausgesehen. Ich wollte mich nur kurz in die Decke kuscheln. Na ja, und das ist draus geworden."

„Ich hoffe, es war heute Nacht nicht zu unbequem auf der Couch?" Er musterte mich besorgt.

„Gar nicht. Danke übrigens, dass du mich zugedeckt hast. Tut mir leid, dass ich einfach weggepennt bin."

„Nordseeluft macht müde", erwiderte er schulterzuckend.

Ich schnitt eine Grimasse. „Na klasse. Alle behaupten, dass das Reizklima so überaus anregend für den

Kreislauf sein soll. Dabei fühle ich mich, als hätte mich ein Trecker überrollt."

„Das wird schon. Wie wäre es mit einem Kaffee, um deine Lebensgeister zu wecken?"

„Klingt fantastisch. Und hungrig bin ich auch andauernd. Wenn das so weitergeht, passe ich bald nicht mehr in meine Jeans."

„Ach was, du bist im Urlaub. Da sollst du dich wohlfühlen, entspannen und genießen." Er füllte frisch gemahlene Kaffeebohnen in die French Press und goss kochendes Wasser darauf. Ein köstliches Aroma erfüllte den Raum.

„Ich war vorhin beim Bäcker. Ich wusste nicht, was du magst, deshalb habe ich eine Auswahl mitgebracht", bemerkte er leichthin und deutete auf eine große braune Bäckertüte.

Neugierig schaute ich hinein. „Buttercroissants! Und Pain au Chocolat", jubelte ich. „Und Rosinenbrötchen!"

„Genau genommen sind das Lütje Sylter Milchstuten mit Rosinen. Die schmecken besonders gut mit salziger Butter und Hagebuttenmarmelade. Aber wenn du lieber etwas Herzhaftes möchtest, könnte ich dir Bratkartoffeln machen."

„Rosinenstuten klingt großartig." Ich nahm eines der goldenen Brötchen aus der Tüte und schnitt es auf. Währenddessen betätigte Hannes den Milchaufschäumer. Versonnen betrachtete ich seinen Rücken in dem marineblauen Wollpullover. Ich konnte mir gut vorstellen, wie sich seine kräftigen Muskeln bei jeder Bewegung anspannten. Wieder spürte ich dieses wohlige, warme Kribbeln in mir aufsteigen. Bei der Vorstellung, dass er gestern Abend fürsorglich die Decke über mich gebreitet hatte, wurde mir warm ums Herz. Wie ein Honigkuchenpferd grinste ich vor mich hin.

Moment mal ... das alles hatte nichts zu bedeuten, oder? Überhaupt nichts ...

Wahrscheinlich verstanden wir uns einfach nur gut. Nachdenklich betrachtete ich den dicken Klumpen Butter, der sich hartnäckig meinem Versuch widersetzte, ihn auf meinem Stuten zu verteilen. Ich musste aufhören, mich in Tagträumen zu verlieren. O Mann, das kam davon, wenn man zwei Menschen zusammen in einem Leuchtturm mitten im Nichts steckte. Die Zweisamkeit stieg einem am Ende nur zu Kopf.

„Gott, bin ich gespannt, ob mein Router heute kommt." Schwungvoll strich ich Marmelade auf meinen Stuten, der inzwischen an ein Schlachtfeld erinnerte. Die harte Butter hatte Löcher in den Teig gerissen, durch die nun Marmelade tropfte.

„Wann hast du Ballerspiele für dich entdeckt?" Hannes reichte mir meinen Milchkaffee.

Ich starrte ihn an. Meine Kehle wurde eng.

„Du musst nicht antworten", ruderte er zurück. Offenbar hatte er bemerkt, dass er eine wunde Stelle getroffen hatte.

Ich verspürte den Drang, das Thema zu wechseln. Aber dann brach es aus mir heraus: „Meine Eltern haben sich scheiden lassen, als ich fünfzehn war. Papa war beruflich viel in Spanien gewesen. Er hatte da etwas mit einer Kollegin laufen."

„Das tut mir leid für dich“, sagte Hannes eilig.

Ich zuckte die Schultern. „Muss es nicht. Die Ehe meiner Eltern war schon lange davor am Ende. Mama hatte wohl auch eine Affäre, während mein Vater weg war. Das wirklich Bescheuerte allerdings war, dass beide mir all die Jahre über heile Welt vorgespielt hatten. Bis es irgendwann nicht mehr ging.“ Ich versuchte, gelassen zu klingen. „Du kannst dir denken, wie geschockt ich war, als sie mir an einem Sonntag im Advent erklärten, was wirklich lief. Zu dem Zeitpunkt hatte mein Vater bereits beschlossen, dass er nach Silvester zu seiner Freundin nach Malaga ziehen würde. Und zwar für immer.“

„Wie hat deine Mutter dazu gestanden?“, erkundigte Hannes sich mitfühlend.

„Für sie war es in Ordnung. Sie wollte ohnehin mit ihrem Freund zusammenziehen.“ Ich lachte bitter. „Papa hat das Problem quasi für sie gelöst. Sehr bequem für meine Mutter. Denn damit war er der Böse. Sie konnte weiter behaupten, dass sie ja niemals etwas mit Marco angefangen hätte, wenn Papa keine Affäre in Spanien gehabt hätte. Wenn du mich fragst, ist das Ganze so unsinnig wie die Diskussion, was zuerst da war, Huhn oder Ei.“

„Und wo bist du geblieben in dem ganzen Drama?“

„Genau das ist das Problem. Das nennt sich dann wohl Kollateralschaden“, erwiderte ich zynisch.

Einen Moment herrschte Schweigen. Ich rührte heftig in meinem Kaffee.

„Ich an deiner Stelle wäre stinkwütend gewesen“, sagte Hannes schließlich.

„War ich auch. So wütend, dass ich die ganzen Weihnachtsferien in meinem Zimmer am PC verbracht habe. Counter-Strike war gerade in und ich war sofort fasziniert“, erklärte ich. „Der Tunnelblick hat mir damals schon extrem gutgetan.“

„Das kann ich nachvollziehen.“ Etwas an seinem Blick sagte mir, dass es nicht nur so dahingesagt war.

Ich schüttelte nachdenklich den Kopf. „Am letzten Ferientag habe ich meinen Eltern erklärt, dass ich zu Opa ziehe. Natürlich hatte ich das vorher am Telefon mit ihm abgesprochen.“

„Damit waren sie einverstanden?“, fragte Hannes verblüfft.

„Warum nicht? Dadurch mussten sie sich zumindest nicht länger mit einem rebellischen, aufmüpfigen Teenager herumschlagen.“

Geräuschvoll ließ Hannes die Luft aus seinen Lungen entweichen. „Ganz schön starker Tobak. Verständlich, dass du so reagiert hast. Vermutlich war es eine sehr gesunde Reaktion von dir, Ausgleich beim Zocken zu suchen.“

„Es hat wohl Sitzungen beim Therapeuten ersetzt.“ Zögernd legte ich den Löffel beiseite. „Später habe ich mir dann externe Hilfe geholt. Als Teenie jedoch wäre es mir schrecklich unangenehm gewesen, über all das mit einem fremden Menschen zu sprechen.“

„Man muss mit der Vergangenheit abschließen, um nach vorn blicken zu können“, meinte Hannes. Langsam trommelten seine Fingerspitzen über den Tisch.

„Ist das aus Forrest Gump?“ Ich hob eine Augenbraue.

„Wie? Hast du da etwa auch schon geschlafen?“

„Der Film war sehr langatmig. Außerdem schlafe ich vor dem Fernseher ständig ein.“ Ich zuckte die Schultern.

Hannes zog die Augenbrauen zusammen. Er schien zu überlegen. „Wenn ich das richtig sehe, wirst du den Tag an der PlayStation verbringen. Vorausgesetzt, der Router kommt.“

„Wird er.“ Genüsslich biss ich in meinen Rosinenstuten. Die Kombination von salziger Butter und süßer Marmelade schmeckte himmlisch. Ein wenig davon tropfte auf mein Oberteil, aber wozu gab es Waschmaschinen?

„Falls nicht … könntest du mir vielleicht ein wenig mit der Weihnachtsdeko zur Hand gehen?“

Entrüstet funkelte ich ihn an. „Du wirst doch nicht noch mehr Lichterketten aufhängen wollen? Hatten wir nicht vereinbart, dass es weniger Deko wird statt mehr? Überhaupt. Was ist mit den Wichteln? Wolltest du nicht die nicht längst weggeräumt haben?“

„*Du* wolltest, dass ich sie wegpacke. Obwohl dann wirklich seltsame Sachen passieren könnten“, wehrte sich Hannes grinsend.

„So ein Quatsch.“ Ich rollte die Augen. „Außerdem, was ist aus meiner weihnachtsfreien Zone geworden?“

„Nach dem lebenden Adventskalender.“

Ich nippte an meinem Kaffee. Mittlerweile tat das Koffein das, was es sollte. Mein Kreislauf erwachte zum Leben. „Aber dann auch wirklich sicher, okay?“

Er nickte. „Selbstverständlich. Sag mal, ich nehme an, du wirst den Leuchtturm nicht verlassen, bevor die

Paketpost da war, richtig?", schob er in beiläufigem Ton hinterher.

„Keinesfalls." Ich unterstrich meine Worte mit einer Handbewegung. „Ich rühre mich hier nicht von der Stelle."

„Wenn das so ist, würde es dir vielleicht etwas ausmachen, auf Flo zu warten? Er wollte im Laufe des Vormittags zwei Tannenbäume vorbeibringen. Mit dem Rad schaffe ich das nicht und mein Führerschein ..."

„... macht Urlaub, ich weiß." Grinsend winkte ich ab. „Klar, das ist kein Problem für mich."

„Perfekt", sagte er erleichtert. „Dann spaziere ich mit den Austern mal zum Hölzernen Wal. Auf dem Heimweg schaue ich bei Hildrun im Supermarkt vorbei. Soll ich dir was mitbringen?"

„Ich denke nicht. Außer es gibt noch dieses leckere Weihnachtseis."

„Bring ich mit. Kein Problem." Zögernd erhob er sich vom Stuhl. „Stört es dich, wenn ich mich schon einmal auf den Weg mache? Es gibt viel zu tun heute."

„Lass dich nicht aufhalten. Ich komme zurecht", erwiderte ich fröhlich.

„Na dann, bis später." Er erhob sich und zwinkerte mir zu. „Falls ich den Paketboten treffe, schicke ich ihn direkt zu dir."

„Mach das", seufzte ich. „Da wäre ich dir wirklich sehr, sehr dankbar."

Ich räumte gerade mein schmutziges Geschirr in die Spülmaschine, als es an der Tür klingelte. Eilig schnappte ich mir mein Handy mit dem Einmalpasswort und ging öffnen.

„Hallo, Sophia. Schön, dich zu sehen. Ich wollte zu Hannes. Ist er da?“ Flo stand vor mir, in jedem Arm einen verschnürten Tannenbaum.

„Hi, Flo.“ Ich bemühte mich, ihn meine Enttäuschung nicht spüren zu lassen. „Hannes ist mit dem Rad zum Einkaufen gefahren. Aber er hat mir gesagt, dass du vorbeischaust. Komm rein.“

Er maß mich mit einem langen Blick. „Nur, wenn es wirklich okay ist. Du wirkst, als hätte ich dich gerade bei etwas gestört.“

Ich zuckte die Schultern. „Sorry, wenn ich irritiert wirke. Ich habe gedacht, du wärst der Paketbote. Ich warte auf meinen Router *für die Playstation*. Hoffentlich kriege ich dann eine stabile WLAN-Verbindung hin. Ich bin ein Call-of-Duty-Junkie.“

„Hammer. Ich auch. Das gelbe Auto stand vorhin bei den Häusern.“ Flo deutete mit dem Kopf zu der Siedlung hinter den Dünen. „Es müsste gleich da sein. Weißt du, wo Hannes die Tannenbäume hinhaben will?“

„Ehrlich gesagt, keine Ahnung. Ich gehöre zu der Keine-Weihnachtsdeko-Fraktion.“

„Du? Als Eventmanagerin? Wie das denn? Hast du in deinem Job nicht ständig mit Deko zu tun?“ Flo musterte mich ungläubig.

„Eben. Ich brauche eine Pause von der Arbeit und dem ganzen Weihnachtsgedöns. Deswegen bin ich ja hier.“

„Weiß Hannes das?“ Flo legte den Kopf schräg. „Er schmeißt sich seit Wochen mit Leib und Seele in die

Weihnachtsvorbereitungen. Dieses Jahr ist es besonders schlimm. Könnte kritisch werden, wenn du ausgerechnet hier im Leuchtturm dem Weihnachtsrummel entgehen möchtest."

„Wir haben das geklärt", erwiderte ich optimistischer, als ich mich fühlte. „Sobald der Adventskalender hier bei uns im Leuchtturm war, bekomme ich meine dekofreie Zone."

„Na dann." Flo wirkte nicht so wirklich überzeugt. Aber das konnte mir egal sein. Hannes und ich hatten eine klare Vereinbarung. An der gab es nichts zu rütteln.

Flo lehnte die Bäume gegen die Wand neben der Eingangstür. „Die stehen hier erst mal gut, bis Hannes kommt."

Ich wollte gerade vorschlagen, uns beiden eine Tasse Tee zu kochen, als das gelbe Postauto hinter der Biegung der Straße auftauchte. „Na endlich", seufzte ich erleichtert.

Beinahe geräuschlos hielt der elektrobetriebene Lieferwagen neben uns. Der Mann vom Paketdienst stieg aus. „Ich hätte zwei Pakete. Eines für Matthies und eines für Andersen."

„Matthies, das bin ich." Mit einem freudigen Kribbeln im Magen ging ich auf ihn zu. „Sicher brauchen Sie das Kennwort?"

„Von mir aus, wenn Sie darauf bestehen", gab er gelangweilt zurück.

„Wie?" Verblüfft starrte ich ihn an. „Erst der ganze Aufwand, und jetzt wollen Sie das Kennwort gar nicht wissen?"

„Sie hätten eben ihr Gesicht sehen sollen. Klar brauche ich das Passwort, soll ja schließlich sicher sein, nicht wahr?“ Mit einem schelmischen Grinsen hielt er mir den Scanner entgegen.

Ach so. Ich ließ die Schultern sinken. Mal wieder dieser trockene Humor hier auf der Insel. Daran musste ich mich noch gewöhnen.

„So, da haben wir auch schon Ihr Paket. Was ist denn da drin? Diamanten?“ Vorsichtig schüttelte er es.

Inselhumor. Ich quittierte das mit einem Lächeln.

„Sie meinen, wegen des Codes? Nein, nur ein Router. Wenn auch ein ziemlich teurer.“ Prüfend betrachte ich mein Päckchen.

Sonderlich groß war es nicht. Vor allem bei dem Preis, den der Router gekostet hatte. Egal. Hauptsache er funktionierte.

„Zustellung mit einem Code habe ich selten.“ Außerordentlich vorsichtig holte der Fahrer ein zweites Paket aus dem Wagen. „Ungewöhnliche Lieferungen heute. Bei diesem hier müssen Sie mir bitte bestätigen, dass alles in Ordnung ist. Es ist für Ihren Vermieter.“

Stirnrunzelnd las ich, was auf dem fetten roten Aufkleber stand: *Zerbrechlich. Bei Erhalt auf unbeschädigten Inhalt prüfen.* Ich wandte mich an Flo. „Und jetzt? Ich kann doch nicht einfach ein fremdes Paket öffnen? Was meinst du?“

„Kein Problem. Dann nehme ich es wieder mit“, erklärte der Fahrer. „Herr Andersen kann es in der zentralen Lagerstelle abholen. Aber heute nicht mehr.“

Flo und ich tauschten Blicke.

„Hannes hat momentan keinen Führerschein." Unsicher, was die richtige Entscheidung war, zuckte ich die Schultern.

„Ich vermute mal, da ist Deko für morgen drin. Christbaumkugeln und so." Flo deutete zu den Tannenbäumen hinüber. „Wenn Hannes heute die Bäume aufstellen und schmücken möchte, braucht er die Sachen. Lass uns das Paket aufmachen und kontrollieren. So ist es einfacher."

Ich schaute das Paket an, dann die Tannenbäume, dann wieder das Paket. „Könnte tatsächlich Christbaumschmuck sein."

„Ich will euch ja nicht unterbrechen, *min Leeven,* aber es wäre nett, wenn ihr euch noch vor Weihnachten entscheiden könntet. Ich habe hier noch eine Menge Pakete im Wagen. Immer dasselbe vor dem Fest. Die Leute bestellen wie verrückt. Irgendwann möchte ich auch mal Feierabend haben."

„Sekunde nur." Flo zog ein Taschenmesser hervor und klappte es auf. „Wir schauen schnell nach, okay?"

Ich nickte. Es würde sich schon kein peinliches Sexspielzeug in dem Paket befinden. Das wäre ja sowieso nicht zerbrechlich. *Oder?*

Flo setzte die Klinge an. Rasch fuhr das Messer durch das Paketband. Ich schlug die Arme um mich. „Kannst du dich bitte beeilen? Mir wird kalt." Bibbernd trat ich von einem Fuß auf den anderen.

„Geh ruhig rein. Ich unterschreibe das." Floh bog die Ränder des Kartons zurück. Ein paar braune, wellige Papierstreifen quollen hervor.

„Nee. Unterschreiben kann nur ein Hausbewohner oder ein Nachbar", wandte der Fahrer ein. „Was soll ich denn sonst hier vermerken? Übergabe an den Mann mit Bart und der schwarzen Mütze, irgendwo auf Sylt?"

„Kein Problem. Ich warte", versicherte ich rasch. „Wird ja nicht mehr lange dauern."

„Oh." Flo zog ein exquisit aussehendes Sektglas mit Goldrand hervor.

Mit Kennerblick stellte ich fest, dass es sich um aufwändig gearbeitetes und teures Kristallglas handelte. „Also kein Christbaumschmuck."

Flo starrte mit offenem Mund auf das Glas in seiner Hand.

Ein Glas. Ich schüttelte den Kopf. „Hey, Flo. Alles gut?", fragte ich beiläufig.

Die Atmosphäre war plötzlich verkrampft. Flo stand immer noch da wie erstarrt.

„Juhu! Kein Christbaumschmuck", jubelte ich betont fröhlich.

Flo riss sich aus seiner Erstarrung. „Die Sendung ist nicht für Hannes, sondern für mich. Ein Weihnachtsgeschenk für meine Freundin. Ich habe es auf Hannes' Namen hierher liefern lassen, weil Mareike zu Hause immer gleich alle Pakete aufmacht. Dann wäre es keine Überraschung mehr gewesen."

„Du bestellst ein Weihnachtsgeschenk und dann vergisst du es einfach?", fragte ich verblüfft.

„Vergessen ist das falsche Wort. Ich hatte es verdrängt." Flo beugte sich über den Karton und kontrollierte auch noch die restlichen Gläser. „Wir sind nicht mehr zusammen."

„Oh. Das tut mir leid“, sagte ich mitfühlend. „Dann … ist es noch ganz frisch?“

„Mehr oder weniger.“ Er richtete sich auf. „Alles in Ordnung. Du kannst unterschreiben.“

Das tat ich und verkniff es mir, weitere Fragen zu stellen, obwohl ich gern mehr erfahren hätte. Nicht aus Neugier – na gut, vielleicht ein wenig –, aber vor allem, weil Flo gerade so betroffen und traurig gewirkt hatte. Allerdings kannten wir uns kaum, und ich wollte nicht aufdringlich wirken. Nachdenklich sah ich zu, wie das Postauto davonbrauste. Währenddessen lud Flo den Karton mit den Gläsern in seinen Kombi.

Herrje. Hannes und Flo schienen beide eine komplizierte Vergangenheit zu haben. Wobei Flo zumindest etwas abgeklärter wirkte als Hannes. Der machte ja wirklich eine Mördergrube aus seinem Herzen.

„Erledigt.“ Flo knallte den Kofferraum zu. Die Hände in den Taschen seiner Jeans vergraben, schlenderte er auf mich zu. „Jetzt könnte ich einen Tee vertragen. Außerdem bin ich gespannt, ob du die PlayStation zum Laufen bringst.“

„Das will ich hoffen.“ Schulter an Schulter gingen wir zurück in den Leuchtturm. „Am liebsten würde ich es sofort ausprobieren.“

„Na dann los“, rief Flo begeistert. „Gegen eine Runde Call of Duty hätte ich nichts einzuwenden.“

„Da hast du aber Glück“, sagte ich, erleichtert, dass Flo wieder fröhlich und unbeschwert wirkte. „Ich habe immer einen Ersatzcontroller dabei.“

- Kapitel 11 -

„O mein Gott. Es klappt!“ Aufgeregt tanzte ich vor dem Monitor herum. Flo und ich hatten die gesamte Ausrüstung auf gut Glück ins Turmzimmer geschleppt. Vielleicht war es Einbildung, aber ich hatte das Gefühl, dass hier oben unter der Kuppel die Verbindung stabiler war. Immerhin gab es hier keine dicken Wände aus Stein und Beton.

„Wollen wir gleich mal loslegen?“ Flo kroch aus dem Winkel unter dem TV-Tisch hervor, wo sich die Fußbodensteckdosenleiste befand. Schwungvoll warf er sich auf die Couch und griff nach einem der Controller.

„Na klar. Wer willst du sein?“, erwiderte ich gut gelaunt und ließ mich ebenfalls auf die Couch fallen. Endlich. So lange hatte ich auf diesen Moment gewartet. Ich war vielleicht nicht wirklich auf Entzug gewesen in den letzten Tagen, aber es fühlte sich verdammt gut an, die Kiste an- und die Gedanken abschalten zu können. Ich navigierte mich durch die Menüs und aktivierte den Split-Screen-Modus.

Just in diesem Moment wurde ich unterbrochen.

„Sophia? Ich bin zurück. Kommst du mal eben runter? Ich habe dein Eis dabei“, rief Hannes vom unteren Ende der Treppe.

„Flo ist da. Wir sind oben im Turnzimmer. Der Router funktioniert“, rief ich zurück.

Schritte polterten die Treppe hinauf. „Hey, Sophia.“ Hannes warf mir einen kurzen Blick zu und wandte sich dann an seinen Kumpel. „Hi, Flo. Prima, dass du die Bäume hergefahren hast. Wir können gleich loslegen. Sollen wir auf der Galerie anfangen? Oder unten mit der Außenbeleuchtung?“

„Jetzt sofort?“ Flo wirkte alles andere als begeistert. „Ich wollte gerade eine Runde Call of Duty mit Sophia spielen. Eilt doch nicht, oder? Dekorieren können wir später.“

„Später? Wann später?“ Hannes verschränkte die Arme vor der Brust. „Wenn es dunkel ist? Oder wann dachtest du?“

„Jetzt sei kein Spielverderber. Wir haben Mittag. Es bleibt noch vier Stunden hell. Also sei nicht so spießig und setz dich dazu. Oder spiel eine Runde mit.“

„Mir ist meine Zeit zu kostbar, um sie mit bescheuerten Ballerspielen zu verschwenden“, kam es gereizt zurück. „Ich trage jetzt den Baum rauf und fange an zu schmücken. Du kannst ja dazukommen, wenn du hier fertig bist.“

Bescheuerte Ballerspiele? Im Ernst? Enttäuscht und ein wenig verärgert schielte ich zu Hannes hoch. Ich dachte, er hätte begriffen, weshalb mir die PlayStation wichtig war. Nun, offensichtlich hatte ich mich getäuscht. Hannes hatte mir zwar zugehört, doch verstanden hatte er nichts.

Ich war so ein Dussel. Ernüchtert wandte ich mich wieder dem Monitor zu. Offensichtlich hatte mein Herz etwas durcheinandergebracht. Diese besondere Verbindung hatte ich mir nur eingebildet. Dieses verflixte Gefühl von Nähe und Vertrautheit kam nur daher, dass wir zusammen viel Zeit in der Abgeschiedenheit des Leuchtturms verbrachten. Und daran, dass sich meine Seele im Winter nach Wärme und Geborgenheit sehnte.

Ohne ein weiteres Wort drehte Hannes sich um und verschwand nach unten.

„Was ist Hannes denn über die Leber gelaufen?", wandte ich mich an Flo.

„Keine Ahnung. Ich geh ihm mal eben hinterher", erwiderte Flo und verließ ebenfalls das Turmzimmer.

Kurz darauf kehrte Flo zurück und ließ sich wieder auf die Couch fallen.

Ich warf ihm einen Blick aus den Augenwinkeln zu. „Und? Was war?"

Flo zuckte die Achseln. „Er hätte eben gern jetzt dekoriert und keiner hat Bock, ihm zu helfen. Er meinte eben selbst, er hätte ein bisschen überreagiert. Läuft da was zwischen euch?" Er gab sich Mühe, unbefangen zu klingen, aber ich merkte, dass es in ihm arbeitete.

„Da ist nichts zwischen uns“, gab ich, fast ohne zu zögern, zurück. „Warum auch? Das wäre kompletter Irrsinn. Nach Silvester fahre ich zurück nach Hause.“

„Das ist der Liebe egal. Die misst nicht in Kilometern.“

„Aber ich“, erwiderte ich eine Spur zu hitzig. „Außerdem ist es völlig unsinnig, dass wir diese Diskussion führen. Hannes und ich wohnen vorübergehend zusammen, und das nur zwangsweise. Wir sind nicht einmal auf einer Wellenlänge.“

„Sicher?“ Flo musterte mich eindringlich.

„Warum führen wir dieses Gespräch überhaupt?“, fragte ich gelassen, obwohl ich mich alles andere als gelassen fühlte. Meine Güte. Was war denn auf einmal in Flo gefahren? Erst das merkwürdige Verhalten im Hölzernen Wal. Die Andeutungen, die abgebrochenen Gespräche zwischen den beiden … und jetzt das?

Flo sah mich durchdringend an. „Hannes ist mein Kumpel. Brich ihm bitte nicht das Herz.“

„Wie bitte?“ Ich setzte mich kerzengerade auf. „Warum sollte ich? Wirklich, Flo, du bildest dir da etwas ein. Ich interessiere mich nicht die Spur für Hannes.“

Okay, das war möglicherweise ein wenig geflunkert. Aber ich musste Flo ja nicht auf die Nase binden, dass mein Herz in Hannes' *Nähe verrückt spielte.*

„Dann ist ja gut.“ Flo lehnte sich zurück und navigierte sich geübt durch die Waffenauswahl. „Tut mir leid, wenn ich in diesem Punkt ein wenig *über*empfindlich bin. Liegt vielleicht daran, dass ich ebenfalls eine Enttäuschung hinter mir habe.“

Ich nickte. „Das verstehe ich. Aber du musst dir keine Sorgen machen. Abgesehen davon bin ich mir sicher, dass Hannes sehr gut auf sich selbst aufpassen kann."

„Thema abgehakt." Flo stopfte sich ein Kissen in den Nacken und schnappte sich den Controller. „Lass uns loslegen. Kampagne oder Multiplayer?"

„Multiplayer. Die Kampagne ist lahm, wie immer in CoD."

Wir legten los. Das Spiel ballerte uns direkt mit seinem vollen Charme zu: Mitspieler, die an unserem Startpunkt auf der Lauer lagen, um uns direkt nach dem Spawn zu erschießen, Cheater, die durch Wände schauen konnten, und gegnerische Spieler, die Langzeitcamping in Deckung betrieben und damit das Tempo der Runde abwürgten. Und da hatte ich noch nicht mal in den Voicechat reingehört.

Flo und ich waren ein gutes Team. Er war nicht so reaktionsschnell wie ich, aber er blieb gelassen und ließ sich von den Gegnern nicht deren Tempo aufdrücken. Und weil man gutes Spielen nicht durch Schummeln lernt, eroberten wir kurz darauf den Startpunkt der gegnerischen Mannschaft und gewannen die Runde.

Wir klatschten ab und rüsteten unsere Spielfiguren mit neuen Waffen aus. Am Rande meiner Aufmerksamkeit bekam ich mit, wie Hannes einen der Tannenbäume die Treppe hinaufschleppte. Ein eisiger Windstoß fegte ins Turmzimmer, als er die Tür zur Galerie öffnete und mitsamt dem Baum nach draußen verschwand. Ich duckte mich hinter die Mauer und wartete, dass der Typ mit der Schrotflinte seinen Kopf aus der Fensteröffnung steckte. Da. Zack. Einer weniger.

Erneut wehte mir kalte Luft um die Nase. Hannes kam wieder herein. „Lasst euch von mir nicht stören", rief er uns im Vorbeigehen zu. Dann verschwand er wieder die Treppe hinunter. Aber nur, um kurz darauf zurückzukommen. Diesmal schleppte er einen beeindruckend großen Christbaumständer mit sich.

„Nochmal ich", verkündete er betont gut gelaunt im Vorbeigehen. „Bin gleich wieder weg."

„Hoffentlich", brummte Flo unleidlich. „Komm, wir räuchern sie aus. Immer diese Camper, ich hasse das. Ich werfe die Granate, und du knallst sie ab, wenn sie rauskommen."

„Alles klar. Los."

Er wählte die Granate im Waffenmenü, doch er kam nicht mehr zum Werfen. Ein Scharfschütze pustete ihn von der Map. Ich leitete den taktischen Rückzug ein. Wir waren ziemlich weit vom Startpunkt entfernt, und ich musste Flo schützen, wenn er gleich wieder spawnte.

„Lass es uns anders machen. Gehen wir hintenrum, bei den Fässern vorbei."

„Okay", sagte er. „Du voraus, du kennst die Map besser."

„Scheint ja zu laufen bei euch", bemerkte Hannes. Eben kam er zum dritten Mal schnaufend und pustend an uns vorbei.

„Jo. Alles klar bei dir, Kumpel?", fragte Flo, ohne den Blick vom Monitor zu wenden.

Im Gegensatz zu mir.

Irritiert drehte ich den Kopf. Hannes stand da mit einer großen Holzkiste in den Händen und fluchte leise vor sich hin. Ich war nur für einen Augenblick abgelenkt, und schon konnte ich die Animation bewundern, wie ich einem vermummten Terroristen zum Opfer fiel.

Runde vorbei. Wir hatten verloren. Das Spiel schickte uns zurück in die Lobby.

„Mach du weiter. Ich geh frische Luft schnappen." Ich warf den Controller aufs Sofa und erhob mich.

„Geht klar", erwiderte Flo und ging in die Warteschlange für die nächste Lobby.

Ich eilte hinunter in mein Zimmer, schnappte mir Jacke, Mütze und Schal und rannte wieder nach oben. Dick eingemummelt trat ich neben Hannes auf die Galerie.

Inzwischen hatte er den Baum in den Ständer geklemmt und vom Netz befreit. Nun peitschte der Wind die Zweige wild durcheinander.

„Wie kann ich dir helfen?", schrie ich. Der Wind riss mir die Worte von den Lippen, kaum dass ich sie ausgesprochen hatte.

„Alles gut. Geh du wieder rein", brüllte Hannes zurück. „Hätte nicht gedacht, dass es heute so stürmt. Ich musste gerade den Baum mit Kabelbindern am Geländer festmachen, damit er beim *nächsten Windstoß* nicht bis nach Hörnum segelt."

Der Wind fuhr mir von hinten in die Kniekehlen. Schwankend hielt ich mich am Geländer fest. „Was ist in der Kiste?"

Er bückte sich und öffnete den Deckel. „Die Außenbeleuchtung." Mit wehendem Haar zog er ein grünes Kabelknäul mit Lichterkerzen daran hervor.

„Ach herrje. Lichterkettenchaos." Ich stülpte mir die Kapuze über den Kopf. „Das hat so keinen Zweck. Lass uns das drinnen in Ruhe entwirren. Zu zweit geht das leichter."

Hannes schüttelte stur den Kopf. „Du hast so lange darauf gewartet, dass das Internet funktioniert. Jetzt geh und hab Spaß. Du bist im Urlaub. Ich komm schon zurecht."

„Stört es dich, dass Flo und ich zocken?", konnte ich mir nicht verkneifen zu sagen.

„Wie kommst du denn darauf?" Mit verblüffter Miene richtete er sich auf.

„Na ja, Flo kam her, um dir zu helfen. Und jetzt halte ich ihn vom Arbeiten ab. Was gar nicht meine Absicht war. Aber er ist fast noch ein größerer Fan von Call of Duty, als ich es bin." Ich griff mit beiden Händen nach der Kapuze und hielt sie fest an meinen Kopf gedrückt.

„Das habe ich inzwischen auch gemerkt. Es ist völlig okay. Flo ist mein bester Kumpel. Ich freue mich, wenn er endlich mal Spaß hat."

„Du meinst wegen der Trennung von Mareike?", fragte ich bestürzt.

„Er hat dir davon erzählt?", rief Hannes verwundert.

Oh. Hatte ich zu viel gesagt? Es war mir einfach so herausgerutscht.

Einen Moment lang schwiegen wir beide.

Hannes legte das Kabelknäul zurück und verriegelte die Holzkiste. „Wie seid ihr denn auf Mareike zu sprechen gekommen? Flo redet so gut wie nie darüber", sagte er, ohne aufzublicken.

„Och, wie das eben so ist", behauptete ich unschuldig. Das Paket wollte ich lieber nicht erwähnen, nachdem Flo so betroffen gewirkt hatte. Wenn es wichtig war, konnte er Hannes selbst davon erzählen.

Ich ließ die Hände sinken. „Das hier hat keinen Sinn bei dem Wind. Was hältst du davon, wenn wir es morgen zusammen machen? Zu zweit ist das ruckzuck erledigt. Ich bin Profi in diesen Dingen, schon vergessen?"

Hannes warf mir einen überraschten Blick zu. „Um ehrlich zu sein, wäre ich wirklich dankbar für deine Hilfe. Dieser Dekokram macht mehr Spaß zu zweit."

„Das stimmt wohl." Ich nickte lächelnd. „Keine Sorge. Morgen Abend, rechtzeitig zum Treffen, wird der Leuchtturm wunderschön aussehen."

„Danke, Sophia. Das ist wirklich nett von dir. Ich denke mir etwas aus, um das wiedergutzumachen."

„Schon okay, ich mache mich gern ein wenig nützlich. Aber falls du mir einen Gefallen tun willst, streich Austern vom Speiseplan."

„Sind sie sowieso." Hannes Augen funkelten amüsiert. „Könnte ich dich für deine Hilfe mit einem Vier-Gänge-Weihnachtsmenü im Hölzernen Wal entschädigen? Yannick hat uns eingeladen, weil ich ihn das ganze Jahr über immer wieder mit Fisch beliefere."

„Klingt hervorragend", sagte ich begeistert.

„Prima." Bildete ich mir das ein oder wirkte Hannes freudig überrascht, so als hätte er nicht damit gerechnet, dass ich einwilligen würde? Und dieses Lächeln um seine Mundwinkel, war das ein Beweis dafür, dass er sich auf den Abend mit mir außerordentlich freute?

Schmetterlinge flatterten in meinem Magen. Ich war nervös wie ein Teenager vor dem ersten Date.

„Ich geh dann mal nach unten und backe noch ein paar Bleche Plätzchen mehr. Man weiß nie, wie viele Leute zur Feier kommen." Er rieb sich das Kinn und wirkte verlegen. „Geh ruhig wieder zu Flo. Er wartet sicher schon."

Er ging nach drinnen. Gedankenverloren stand ich da und starrte den sturmgebeutelten Weihnachtsbaum an. War es zu fassen? Hatte ich tatsächlich angeboten, mit Hannes den Turm zu schmücken? Ich musste von allen guten Geistern verlassen sein. Andererseits, was Opa sagte, stimmte. Es war ein durch und durch befriedigendes Gefühl, sich nützlich zu machen. Außerdem konnte ich durch mein Eingreifen sicherstellen, dass die Schmuckaktion nicht auch noch auf das Turmzimmer und mein Schlafzimmer überschwappte. Jetzt musste ich nur noch dafür sorgen, dass ich mich bei all dem Weihnachtszauber um mich herum nicht doch noch in Hannes verknallte.

Das bekam ich hin. Ganz sicher.

- Kapitel 12 -

„Ich fasse nicht, dass ich das wirklich tue!“ Sorgfältig breitete ich die Lichterkette auf der Galerie aus. Hannes und ich hatten heute Morgen ewig gebraucht, um die einzelnen Stränge zu entwirren. Mein Blick fiel auf den am Geländer festgezurrten Tannenbaum. Erstaunlich, dass er das Wetter gestern Abend überstanden hatte. Fast hatte ich damit gerechnet, dass ihm die Sturmböen sämtliche Nadeln wegpusteten.

„Vielleicht, weil du ein absolutes Genie bist, was Weihnachtsdeko betrifft?“ Hannes lehnte die Leiter gegen die leuchtend rote Außenwand. In seiner Stimme schwang trockener Humor.

Ich erhob mich aus meiner gebückten Position und rollte die Schultern. „Das hast du völlig richtig erkannt. Hier ein Expertentipp: Du solltest systematisch vorgehen, wenn du die Außenbeleuchtung nach

Weihnachten wieder einpackst. Wie hast du es nur geschafft, alles so zu verwirren?"

„Keine Ahnung", gab er mit einem schuldbewussten Lächeln zurück. „Aber du machst so niedliche Augen wie eine Robbe, wenn du das sagst. Wusstest du das?"

„Aha", sagte ich und gab mir Mühe, nicht entgeistert den Kopf zu schütteln. „Das ist ein … *interessantes* Kompliment."

„Eine sehr *bezaubernde* Robbe. Tut mir leid, wenn das verkehrt rüberkam. Ich bin nicht so gut darin, einer Frau etwas Nettes zu sagen."

„Also war das gerade ein Flirtversuch?", fragte ich schmunzelnd.

„*Falls* es so wäre … würdest du darauf eingehen?"

„Tja, keine Ahnung? Aber vielleicht finden wir es heraus", gab ich leichthin zurück. Mein Magen kribbelte, was ganz sicher nicht an der luftigen Höhe lag.

„Stimmt. Vielleicht." Er holte das Panzertape aus der Werkzeugkiste. Seine Haare leuchteten hell im Gegenlicht. Die schräg stehenden Sonnenstrahlen kitzelten meine Nase. Blinzelnd hielt ich die Hand vor die Stirn. „Wo kommt was hin? Was ist der Plan?"

„Na ja …" Zögernd drehte er das Panzertape in den Händen. „Ich dachte, wir machen das Zeug irgendwie hiermit fest."

„Irgendwie. Aha. Und welches Zeugs genau meinst du? Die Lichterketten oder deine Upcycling-Laternen? Und was um alles in der Welt hast du mit den Seilen vor?" Ich schob die hellblaue Wollmütze in den Nacken und rieb mir die Stirn. „Wie hattest du es denn im letzten Jahr?"

„Da hat meine Ex-Freundin die Deko übernommen.“ Finster starrte er auf das Panzertape.

Okay. Die Ex also. Ob sie wohl der Grund für den geplatzten Urlaub in den Bergen war?

„Na schön“, meinte ich sanft. „Vorschlag: Zunächst messen wir den Durchmesser des Turmzimmers. Daraus errechnen wir dann den Umfang der Galerie. Dann vergleichen wir das mit dem laufenden Meter Lichterketten, um zu sehen, wie weit es reicht. Es wäre ein trauriger Anblick, wenn nur der halbe Leuchtturm geschmückt würde.“

Sein Gesicht erhellte sich. „Sag ich doch, du bist ein verdammtes Genie! Dann gehe ich mal nach unten in den Schuppen, ein Maßband holen.“

„Das wäre schon mal ein Anfang. So lange checke ich, was wir hier alles zur Verfügung haben. Vielleicht kommt mir noch die eine oder andere Idee“, erwiderte ich und machte mich daran, den Inhalt der Kisten genauer zu untersuchen.

„Folgender Vorschlag“, erklärte ich wenig später. „Zuerst nehmen wir die alten Seile. Die befestigen wir mit Panzertape an der Regenrinne der Galerie. Aber wir ziehen sie nicht straff, sondern lassen sie in gleichmäßigen Bögen durchhängen. Danach wickeln wir Lichterketten um die Seile. Das sieht wunderschön aus in der Dunkelheit.“

„Spitzenidee.“ Hannes’ Augen leuchteten. „Darauf wäre ich nie gekommen.“

„Dafür hast du ja mich. Schon vergessen?“, sagte ich augenzwinkernd. „Was wolltest du mit deinen

Upcycling-Lichtern machen und mit den perforierten Dosen hier?"

„Die Dosen wollte ich hier oben auf dem Boden verteilt festmachen und die Laternen in den Fischernetzen am Geländer aufhängen."

Ich nickte. „Grundsätzlich nicht verkehrt, aber du musst bedenken, dass Teelichter nicht sonderlich hell sind. Ich glaube kaum, dass man von unten viel mehr als ein Flimmern sieht. Außerdem sind die alten Dosen wirklich hübsch geworden. Ich mag das Sternenmuster, das du in das Blech gestanzt hast."

Ich nahm eine der golden glänzenden Dosen hoch und drehte sie in der Hand. „Eigentlich sind die so schön, dass wir sie nach der Feier auf dem Basar für den Gnadenhof verkaufen könnten. Mir fehlt nur noch die rettende Idee."

„Du gibst nicht so leicht auf, oder?" Hannes sah mir fest in die Augen. Plötzlich war da wieder dieses Kribbeln in mir. Für einen Moment drohte ich in seinen braunen Augen zu versinken. Himmel, was war das mit uns? In einem Moment brachte er mich mit seiner chaotischen Art und seiner Verschlossenheit zur Verzweiflung. Dann wieder genügte ein Blick, um mein Herz höherschlagen zu lassen. Woher kam dieses Verlangen in mir, meine Arme um seinen Hals zu schlingen und ihn zu küssen?

Ich musste verrückt sein.

Entschlossen, einen kühlen Kopf zu bewahren, wandte ich den Blick ab. „So schnell werfe ich die Flinte nicht ins Korn. Mir fällt schon noch was ein, wie wir den Basar doch noch stattfinden lassen können."

„Wenn es jemand schafft, dann du", meinte Hannes anerkennend. „Ich verstehe, warum du Eventmanagerin geworden bist. Du hast echt Talent, alles strukturiert und übersichtlich ablaufen zu lassen. Das finde ich toll."

Seufzend verzog ich das Gesicht. „Das sagst du. Allerdings sehen das nicht alle so. Mein Ex-Freund fand mich kontrollsüchtig. Dabei möchte ich nur Ordnung in die Dinge bringen." Dass mir das beruflich gelang, aber nicht gefühlsmäßig, verschwieg ich.

„Hat das mit der Scheidung deiner Eltern zu tun?"

Die Frage traf mich direkt ins Herz.

„Guter Punkt." Ich sah hinaus aufs Meer. Der Sturm hatte den feinen Puderschnee in den Dünen weggefegt, aber am Strand schoben sich immer noch glitzernde Eisplatten übereinander. Der Wind trug das leise Ächzen und Knarren bis an mein Ohr. Ich stützte die Hände auf das Geländer. Vielleicht lag es an der Weite des Himmels, jedenfalls drängte plötzlich all das an die Oberfläche, was ich sonst so gut versteckte.

„Nachdem meine Eltern mir gesagt haben, dass sie sich scheiden lassen, bin ich auf den Dachboden gegangen und habe die Schachteln mit den Puzzles heruntergeholt." Ich hielt inne und starrte aufs Meer.

„Puzzles bringen mich jedes Mal zur Verzweiflung", sagte Hannes in mein Schweigen hinein.

Ich nickte. „Bei uns waren sie eine geliebte Familientradition an den Feiertagen. Oft saßen wir bis spät in der Nacht zusammen um den Tisch im Wohnzimmer. Wir haben geredet, gelacht und gemeinsam das

Bild zusammengesetzt. Anfangs waren es noch welche mit achthundert Teilen. Aber im Laufe der Jahre haben wir uns an die richtig großen gewagt. Jedes Jahr am ersten Advent haben wir uns gemeinsam ein neues Motiv ausgesucht. Bis wir damit fertig waren, hat es oft bis nach Silvester gedauert."

„Klingt schön." Er trat neben mich und stützte die Hände aufs Geländer.

„War es auch. Umso trauriger fand ich es, wenn wir im neuen Jahr alles wieder wegpackten. Den Baum, das Puzzle und die gemeinsame Zeit."

„Warum habt ihr die fertigen Puzzles nicht aufgehängt?"

„Vielleicht aus dem gleichen Grund, warum man den Baum nicht das ganze Jahr über stehen lässt?" Ich zuckte die Schultern. „Im Grunde habe ich keine Ahnung. Mama behauptete zwar, wir hätten zu wenig Platz in der Wohnung. Aber eigentlich wussten wir alle, dass die Puzzles eben in diese ganz besondere Zeit zwischen den Jahren gehören und nirgends anders hin."

„Ich glaube, ich begreife, warum du die Kartons dann doch wieder hervorgeholt hast."

„Ja, nicht wahr?" Ich sah hinüber zu Hannes. „Natürlich war es nur eine Illusion. Aber ich dachte, wenn ich die Teile wieder richtig zusammensetzen könnte, ließe sich auch das Durcheinander in meinem Leben ordnen."

Hannes wirkte bedrückt.

„Hat leider nicht geklappt." Ich zuckte die Schultern. „Aber der Hang, Dinge geradezubiegen, die schieflaufen, hat wohl dazu beigetragen, dass ich Eventmanagerin geworden bin. Im Job kommt es auch immer mal wieder zu unvorhergesehenen Problemen."

Hannes' Gesicht verdüsterte sich. „Ich wünschte, es gäbe eine Zauberformel, mit der sich auch private Dinge wieder ins Lot bringen lassen."

Aus einem Impuls heraus griff ich nach seiner Hand und drückte sie. „Ich dachte, ich hätte für mich eine Lösung gefunden. Aber dann hast du vergessen, mir per Mail abzusagen, und aus meiner Flucht vor Weihnachten ist nichts geworden."

„Tut mir ehrlich leid." Er verschränkte seine Finger mit den meinen und sah mir in die Augen. Da war sie wieder, diese Intensität in seinem Blick, die mein Herz gefangen nahm. „Nach der Feier morgen kommt alles wieder weg, versprochen."

„Schon gut." Seine Hand fühlte sich warm an in meiner, fast als gehörte sie dahin. „Vielleicht kann ich ja beides haben, mein Ballerspiel und ein wenig Sylter Weihnachtszauber."

„Im Ernst?" Ungläubig runzelte er die Stirn.

„Wäre doch schade, wenn wir uns die ganze Mühe umsonst machen, oder? Lass uns loslegen. Sonst wird es dunkel, bevor wir fertig sind." Ich löste meine Hand von seiner. Entschlossen drehte ich mich um und schnappte mir ein Seil. Ich musste mich dringend beschäftigen, bevor das Rauschen meiner Gefühle lauter wurde als das der Wellen oder das Knarzen der Eisschollen. „Kletterst du auf die Leiter? Oder soll ich?"

„Ich mache das“, entschied Hannes. „Es ist echt nicht ohne, auf der Galerie zu stehen und auf der Leiter das Gewicht zu halten. Da krieg sogar ich weiche Knie. Obwohl ich eigentlich schwindelfrei bin.“

„Ich überlasse dir gern den Vortritt“, erklärte ich großmütig. „Soll ich die Leiter festhalten?“

Er grinste. „Ausnahmsweise.“

„*Ausnahmsweise*?“ Spielerisch gab ich ihm einen Klaps auf die Schulter. „Sei froh, dass ich hier bin und auf deine Sicherheit achte.“

„Abwarten. Man soll den Tag nicht vor dem Abend loben. Bisher musstest du deine Fähigkeiten als Krabbe noch nicht unter Beweis stellen.“

„Als Krabbe?“ Amüsiert funkelte ich ihn an. „Wirklich, Hannes, deine Komplimente sind echt gewöhnungsbedürftig.“

„Das war ein Vergleich“, behauptete er freundlich. „Lass es mich dir erklären: Krabben haben ziemlich viel Kraft in den Scheren. Wenn die eines können, dann ordentlich zupacken. Und darauf kommt es doch an, wenn man eine Leiter festhält, oder?“

„Hm. Schon, ja.“

Ich hätte es ihm beinahe abgekauft, wenn da nicht dieses verräterische Grinsen gewesen wäre.

„Abgesehen davon sind Krabben wirklich entzückend. Hast du mal gesehen, wie niedlich sie mit den Scheren klappern? So süß.“

„Okay, das reicht“, gab ich zurück, erleichtert darüber, dass wir zu unserem lockeren Ton zurückgefunden hatten. „Stell deine Flirtversuche ein. Es ist grauenvoll. Ganz schauderhaft.“

„Schade." Er schnappte sich das Panzertape und kletterte die Leiter hoch. „Dabei dachte ich, du fährst auf meine Komplimente ab."

„Da muss ich dich leider enttäuschen. Hier. Hast du?" Ich streckte mich und reichte ihm das erste Seilstück.

„Yepp. Alles klar hier oben." Die Leiter schwankte, als er das Ende des Panzertapes mit den Zähnen durchtrennte. Also packte ich fester zu. „Soll ich das etwas mehr durchhängen lassen? Ist der Abstand gut so?" Er lehnte sich gefährlich weit nach rechts, um zu demonstrieren, was er meinte.

Mir war flau im Magen. „Pass bloß auf da oben. Lass uns die Leiter lieber ein Stück schieben, bevor du das Gleichgewicht verlierst."

„Wird schon nichts passieren."

„Pass auf!", rief ich im nächsten Moment. Reflexartig zog ich den Kopf ein. Eine Möwe schoss wenige Zentimeter an meiner Schulter vorbei und ließ sich flatternd auf dem Geländer nieder. Von dort aus warf sie uns mit schräg gelegtem Kopf übellaunige Blicke zu.

„Du hast Verstärkung", rief Hannes von oben. „Noch jemand, der keine Lust auf Weihnachtsdeko hat."

„Vielleicht hat sie dich ja mit einem Fisch verwechselt?"

„Ich mag ja ein Fischkopf sein. Aber ganz bestimmt rieche ich nicht so." Er verlagerte das Gewicht, sodass er wieder gerade auf der Leiter stand.

„Weg mit dir, dummer Vogel!" Hannes wedelte wild mit den Armen, aber die Möwe ließ sich dadurch nicht verjagen.

„Vielleicht verschwindet sie, wenn wir ihr etwas zu essen anbieten?“ Nachdenklich zog ich die Stirn in Falten.

„Mach das bloß nicht“, rief Hannes entsetzt. „Die kommt wieder und bringt ihre ganze Verwandtschaft zum Essen mit. Raubmöwen sind gefährliche Biester.“

„Eigentlich sieht sie ganz harmlos aus. Aber wenn du möchtest, kann ich versuchen sie zu verscheuchen.“

„Bitte mach das“, erwiderte er gepresst.

„Schön. Wenn du hier oben unbedingt mit mir allein sein willst?“, gab ich mit unschuldiger Miene zurück. Im nächsten Moment hätte ich mir in den Hintern treten können. Ich war doch nicht etwa dabei, selbst einen Flirtversuch zu starten, oder? *Oder?*

„Bleib ruhig stehen. Ich lasse jetzt los.“ Ich vermied es, ihn anzusehen. Meine Wangen glühten. „Husch! Ab mit dir!“ Mit lautem Händeklatschen ging ich auf die Möwe zu.

„Kiii-aaa! Kiii-aaa! Kiii-aaa!“ Mit einem schrillen Kreischen flatterte das Tier auf die Spitze des Tannenbaums. Dort hackte sie mit dem Schnabel gegen eine der Lämpchen des Lichternetzes. Hannes und ich hatten uns solche Mühe gegeben, es sorgfältig über den Baum zu breiten.

„Hey! Lass das!“ Ich ging auf sie zu.

„Haauuu!“, schimpfte die Möwe. Offensichtlich betrachtete sie die Galerie inklusive Tannenbaum als ihr Revier. Feindselig musterte sie mich und reckte den Schnabel in meine Richtung.

„Los jetzt. Hau ab“, sagte ich etwas kleinlaut. So aus der Nähe war mir der Vogel doch etwas unheimlich. „Verschwinde!“

Das tat die Möwe. Laut krächzend flatterte sie in die Luft – und über Hannes’ Kopf hinweg. So knapp, dass sie mit den Krallen seine Wollmütze streifte. Hannes stand da oben wie zur Salzsäule erstarrt. Die Mütze saß ihm schief auf dem Kopf.

„Scheibenkleister. Das hätte dumm ausgehen können“, sagte er eine bange Schrecksekunde später mit ungewöhnlich dünner Stimme. „Ich komm jetzt runter.“

Mein Herz raste immer noch vor Schreck. Vorsichtig trat ich beiseite, während Hannes nach unten kletterte. Die letzten beiden Sprossen nahm er mit einem Satz und landete genau vor mir.

„Danke.“ Unsere Blicke hielten sich aneinander fest.

Und dann passierte es.

Es fühlte sich an, als würde ein angenehmer, elektrisierender Stromschlag durch meinen Körper fließen. Wir standen nur wenige Zentimeter voneinander entfernt. Ich atmete den Geruch ein, der von ihm ausging. Limone und Salz, und sehr maskulin. Sein Atem strich warm über mein Gesicht. Sanft legte er seine Hände auf meine Schultern.

Mein Herz schlug schneller. Verlangen machte sich in mir breit. Alles in mir schrie danach, meine Hände in seinen Haaren zu vergraben und ihn zu küssen. Meine Vernunft schwenkte die weiße Fahne und ergab sich kampflos, während ich langsam …

Genau in diesem Moment löste Hannes seine Hände von mir.

Meine Schultern sackten herab. Wie war das möglich? Hatte ich die Signale so falsch gedeutet? Plötzlich wusste ich nicht mehr, wohin mit mir.

Es fühlte sich an, als hätte jemand einen Eimer Wasser über mir ausgekippt. Aber vielleicht hatte ich genau das gebraucht, um wieder in der Realität anzukommen. Ich würde in Zukunft besser auf mein Herz aufpassen müssen. Diese verflixte Weihnachtszeit mit all ihrem Zauber und ihrer Magie. Und mit der Einsamkeit und der leisen Wehmut, die das Fest in mir weckte. Ich fühlte mich dünnhäutig und verletzlich. Genau das hatte ich vermeiden wollen.

Mit wackeligen Knien trat ich einen Schritt zurück. Ich brauchte Abstand zwischen uns.

„Lass uns weitermachen“, erklärte ich fest. „Es gibt noch jede Menge Arbeit zu erledigen.“

- Kapitel 13 -

„Es sieht unglaublich schön aus. Und stimmungsvoll." Zufrieden trat ich zurück und ließ das Bild auf mich wirken. Ich war wirklich stolz auf das Ergebnis. Dem alten Kapitän auf der Bank hatte ich einen Schal umgelegt und eine Weihnachtsmütze aufgesetzt. Neben ihm stand eine Sturmlaterne mit einer brennenden Kerze darin.

„Wir haben ganze Arbeit geleistet", stimmte Hannes mir zu. „Am besten finde ich den verkleideten Kapitän. Es wirkt, als warte er hier auf die Gäste."

„Es freut mich, dass es dir gefällt." Mein Blick glitt über die zu Lichtern umfunktionierten Blechdosen, die ich rechts und links des Weges verteilt hatte. Die Kerzen warfen ein gemütliches Flackern in die Dunkelheit. In den Fenstern des Leuchtturms leuchteten die Upcycling-Windlichter. Ganz oben auf der Galerie stand der glitzernde Weihnachtsbaum. Glanzpunkt des Ganzen waren die Seilgirlanden mit den Lichterketten daran. Probehalber hatten wir alle Lichter eingeschaltet und in den Laternen Kerzen und Teelichter entzündet. Meine Brust wurde weit.

„Auf die Gefahr hin, dass ich unheimlich kitschig klinge … aber die Lichter in den Fenstern, die Laternen und all das …“ Ich zögerte kurz. „Es fühlt sich an wie nach Hause kommen.“

„Du hast das sehr gut beschrieben. Genauso fühlt es sich an, wenn ich spät in der Dunkelheit unterwegs bin und mir von weitem das Licht im Turmzimmer entgegenstrahlt.“

„Du lässt das Licht an, wenn du unterwegs bist?“ Ich runzelte die Stirn.

„Ja, manchmal.“ Er kratzte sich verlegen den Nacken. „Bescheuert, ich weiß. Aber es ist, wie du sagst: ein heimeliges, warmes Gefühl, wie wenn man nach einer langen Reise wieder an den Ort zurückkehrt, an den man gehört.“

„Hast du dich so gefühlt, als du zurück nach Sylt gekommen bist?“, fragte ich leise.

Er nickte. „Seltsam, wie sich die Perspektiven verändern. Wenn du jung bist, meinst du, du hältst es auf der Insel nicht mehr aus. Alles fühlt sich auf einmal zu eng an. Wie Kleidung, aus der man herauswächst. Aber dann …“ Er schien nach Worten zu suchen.

„Dann zieht es einen doch wieder zurück?“ Ich spürte den Impuls, nach seiner Hand zu greifen und sie festzuhalten. Dieser chaotische, liebenswerte, verschlossene und so widersprüchliche Mann faszinierte mich immer mehr.

„Ich hätte es mir nie vorstellen können“, fuhr er fort. „Aber es stimmt. Wenn du auf Sylt geboren bist, trägst du die Insel immer in deinem Herzen. Egal, wohin du gehst. Das Tosen der Wellen, der Salzgeruch in der Luft, das Kreischen der Möwen, die Glocke im Leuchtturm … Es ist wie eine Melodie in dir, wohin deine Füße dich auch tragen. Und irgendwann kehrst du zurück, weil sich alles andere falsch anfühlt.“

„Du würdest nie wieder von hier weggehen?“, fragte ich mit belegter Stimme.

„Nicht um alles in der Welt.“

„Das klingt sehr nach dir.“ Ich atmete langsam aus und versuchte mir nicht anmerken zu lassen, dass ich auf eine andere Antwort gehofft hatte.

„Und du? Ist Hamburg für dich der Ort, an dem du dich zu Hause fühlst?“

Nachdenklich nagte ich an meiner Unterlippe. Ich spürte so vieles gleichzeitig. Trauer, Liebe, Einsamkeit, Verlust. Aber auch Hoffnung und die Gewissheit, dass Menschen, die man liebte, nach ihrem Tod nicht wirklich weg waren. Sie waren nur nicht mehr *hier*, aber sie waren da. Schiffe, die über den Horizont gesegelt waren …

„Opa war mein Zuhause“, erklärte ich schließlich. „Ich mag Hamburg. Aber im Grunde ähnelt mein Leben ein wenig deinem, als du zur See gefahren bist. Ich bin ständig unterwegs, je nachdem in welcher Stadt der nächste Auftrag auf mich wartet. Vielleicht sollte ich das ändern.“ Unentschlossen zuckte ich die Achseln.

„Wie meinst du das?“

Ich dachte nach. „Anfangs, als ich mich selbstständig gemacht hatte, war ich froh um jeden Auftrag. Auch wenn ich dafür quer durch Deutschland fahren musste. Ich habe mich nicht getraut, Projekte abzulehnen, aus Angst, es kommen keine anderen Aufträge rein. Oder einer der Mitbewerber krallt sich meinen Kunden. Also bin ich eben dem Job hinterhergereist. Aber jetzt habe ich das Gefühl, ich sollte etwas ändern. Ich möchte einfach nur ankommen, verstehst du das?"

Er nickte. „Das Gefühl kenne ich. Darf ich dir einen Rat geben?"

„Gern."

„Aus meiner Erfahrung ist es gut, auf sein Herz zu hören und den nächsten Schritt zu wagen." Er räusperte sich. „Was meinst du? Sollen wir reingehen? Ich bekomme einen Riesenhunger."

„Guter Plan", sagte ich, dankbar für den Themenwechsel. „Wolltest du nicht Labskaus machen? Ich könnte einen ordentlichen Teller davon verdrücken. Und dazu ein Glas Wein?"

Gemeinsam gingen wir hinein. Hannes holte eine Flasche italienischen Rotwein aus dem Schrank und entkorkte sie. Währenddessen nahm ich die Weingläser aus dem Regal. Er schenkte ein. „Prost! Auf gutes Teamwork!"

Die Gläser klirrten.

„Auf gutes Teamwork", wiederholte ich mechanisch. Bei all der Winterweihnachtsromantik hätte ich mir einen weniger nüchternen Trinkspruch gewünscht. Aber das bewies wieder einmal, wie weit meine Sehnsüchte von der Realität entfernt waren.

„Soll ich schon mal Kartoffeln schälen?", fragte ich entspannt, obwohl ich mich nicht so fühlte. „Die gehören doch in den Labskaus, oder?"

„Zusammen mit Pökelfleisch, Roter Bete, Hering, sauren Gurken, Zwiebeln und meiner ganz geheimen Geheimzutat." Er zwinkerte verschwörerisch. „Wenn du etwas davon nicht magst, lasse ich es weg. Außer der Geheimzutat. Die ist nicht verhandelbar."

„Solange es nicht Austern sind." Ich verzog das Gesicht.

Entsetzt starrte er mich an. „Wie hast du das jetzt erraten?"

„Nicht wirklich, oder?" Ich schüttelte mich vor Ekel.

Ein Grinsen breitete sich über seine Mundwinkel aus. „Scherz. Aber du machst schon wieder so niedliche Robbenaugen."

„Schuft", gab ich ungerührt zurück. Dabei gewöhnte ich mich langsam an seinen eigenwilligen Humor. „Also, wo sind die Kartoffeln?"

„Im Schrank links unten. Aber du musst das nicht tun."

„Weiß ich doch. Aber so geht es schneller."

Die nächsten Minuten arbeiteten wir einträchtig nebeneinander. Hannes hatte seine Playlist mit Weihnachtspopmusik eingeschaltet. Gerade lief *Driving Home for Christmas.* Wir sangen lauthals mit und schwangen dazu die Hüften wie beim Karaoke. Mitten im Lied unterbrach Hannes sich. Mit tränenden Augen blickte er von der halb gehackten Zwiebel auf.

„Mist." Schniefend legte er das Messer beiseite.

„Soll ich für dich weitermachen? Mir macht das nichts aus. Der Trick ist, Wasser in den Mund zu nehmen. Dann beißt es nicht so in den Augen."

„Nein. Das ist es nicht." Er wischte sich mit dem Handballen über die Augen. „Ich habe nur gerade nachgedacht. Wenn morgen alle kommen, könnte es eng werden."

„Und das fällt dir jetzt ein?" Ungläubig blinzelte ich in die Luft.

„Na ja, ich habe nicht wirklich mitgerechnet, als ich den Leuchtturm für den Adventskalender vorgeschlagen habe. Es war eher spontan."

„Du Spezialist", sagte ich kopfschüttelnd. „Und jetzt?"

Er zuckte die Schultern. „Wir werden zusammenrücken müssen. Wahrscheinlich wäre der Kutter besser gewesen. Der eignet sich für Feiern."

„Für Feiern?" Die Idee traf mich wie ein Blitz. „Mensch, Hannes! Das ist es doch!" Vor Begeisterung bekam ich glühende Wangen.

„Was ist was?", fragte Hannes verwirrt.

Ungeduldig warf ich den Kartoffelschäler in die Spüle. „Wir lassen den Basar auf dem Kutter stattfinden."

Einen ganzen Moment herrschte Schweigen.

„Wow." Hannes kratzte sich den Kopf. „Das ist eine wirklich clevere Idee."

„Sag ich doch", erklärte ich strahlend. „Meinst du, das funktioniert?"

„Warum nicht? Platz wäre genug. Und an den nötigen Genehmigungen sollte es auch nicht scheitern. Es gab schon einige Veranstaltungen auf dem Kutter."

„Mensch, toll. Da klingt doch vielversprechend." Ich klatschte vor Freude in die Hände. „Was meinst du? Könnten wir morgen mal hinfahren und du zeigst mir alles? Damit ich einen Eindruck bekomme? Danach könnte ich mal eine Skizze machen und überlegen, wie eine mögliche Anordnung der Stände aussehen könnte."

„Na klar. Kein Problem. Wenn du willst, gleich morgen früh. Ich habe nichts vor."

„Super", rief ich freudig.

In der nächsten Sekunde ging das Licht aus.

Irritiert blinzelte ich in die Dunkelheit. Mein Herz machte ein paar unregelmäßige Schläge. „Hannes?", fragte ich bange in die völlige Finsternis hinein.

„Ich bin hier", erwiderte er in ruhigem Ton. „Stromausfall. Hatten wir schon lange nicht mehr. Sekunde. Mein Handy muss da irgendwo liegen. Ich hab's gleich."

„Es ist irritierend", meinte ich kläglich. „In Hamburg ist es nachts nie so dunkel."

Ein schwaches Licht flackerte auf, Hannes entsperrte sein Handy. Gleich darauf schnitt der helle Strahl der Handylampe einen kreisförmigen Kegel in die Dunkelheit, während der Rest der Küche weiterhin schwarz blieb.

„Tut mir leid. Eigentlich bin ich nicht so ein Angsthase. Aber das kam jetzt wirklich überraschend", murmelte ich verlegen.

„Dunkelheit kann sich beängstigend anfühlen", sagte er. Das Leuchten des Displays spiegelte sich schwach in seinen Augen. „Weißt du, wo dein Handy liegt?"

„Ich glaube, neben dem Adventskranz. Könntest du kurz leuchten?"

„Sicher. Praktische Erfindung, so ein Handy."

Ich tapste zur Küchentheke und schaltete ebenfalls meine Taschenlampe an. Dabei hörte ich, wie Hannes in einer Schublade herumkramte.

„Wie lange dauert denn ein Stromausfall so in der Regel?", erkundigte ich mich, den Blick auf Hannes' *Rücken gewandt.*

„Normalerweise nicht mehr als ein paar Minuten. Das heißt, wenn nur ein kleiner Abschnitt des Stromnetzes betroffen ist. Ich lauf mal nach oben und checke, wie es um uns herum aussieht." Er warf die Schublade zu und reichte mir eine Packung Streichhölzer. „Hier. Magst du vielleicht so lange die Lichter am Jöölboom und am Adventskranz anzünden?"

„Jööl*was*?" Ratlos drehte ich die Schachtel in den Händen.

„Das Ding da drüben." Er deutete auf einen hölzernen Ständer mit zwei Querstreben und roten Kerzen. An den Hölzern hingen Salzteigfiguren von Maria, Josef und dem Jesuskind. Ein grüner Tannenkranz zierte die Konstruktion. „Früher, um neunzehnhundert, waren Bäume Mangelware auf Sylt. Also haben sich die Insulaner etwas einfallen lassen, um den Weihnachtsbaum zu ersetzen. Herausgekommen ist dabei der Jöölboom. Inzwischen ist er eine liebgewordene Tradition. Bin gleich zurück."

Er verschwand nach oben.

Schulterzuckend trat ich ans Fensterbrett, legte das Handy neben mich und riss ein Streichholz an. Der typische Zündholzgeruch stieg in meine Nase. Ich hielt das Streichholz an den Docht der ersten Kerze. Eine Flamme züngelte auf. Augenblicklich wurde es heller. Erstaunlich, was für einen Unterschied eine einzelne Kerze machte. Als auch die drei roten Stumpenkerzen am Adventskranz vor sich hin flackerten, erstrahlte die Küche in einem warmen, goldenen Licht.

Hannes bog um die Ecke. Er blieb stehen, sah sich um und lächelte. „Wow, sieht echt romantisch aus."

„Ja, nicht wahr?", sagte ich, während meine Fantasie sich überschlug. In meiner Vorstellung saßen Hannes und ich händchenhaltend am Küchentisch und tauschten *über die brennenden Kerzen hinweg verliebte Blicke. Ein Sehnen zog durch meinen Bauch. Wie schön wäre das gewesen. Mit der Realität hatte es leider gar nichts zu tun.*

Perfektes Setting, falsche Protagonisten, weil kein Liebespaar.

Blöde Romantik aber auch.

Ich legte die Streichhölzer beiseite. „Und? was hast du herausgefunden?"

„Sieht zappenduster aus. Nicht nur die Häuser in der Siedlung sind betroffen. Der Stromausfall zieht sich bis Hörnum hinunter." Er zuckte die Achseln.

„Und was heißt das genau?", fragte ich, während meine Fantasie davongaloppierte, um schon mal ein Bärenfell, Brennholz, kuschelige Kissen und Rotwein zu organisieren. Was man eben so brauchte *für einen sinnlichen Winterabend vor dem Kamin.*

„Wenn es eine größere Störung ist, kann das ein paar Stunden dauern." Er rieb sich den Nacken und wirkte bedrückt, als gäbe es noch mehr schlechte Neuigkeiten. „Dummerweise habe ich kein Notstromaggregat. Das heißt, ich habe schon eines. Aber es steht bei Flo. Der hat es sich im Sommer von mir geliehen, als er mit dem Camper zum Nordkap gefahren ist."

Stunden. Na super. Jetzt hatte ich einen Router, aber keinen Strom. Der Akku meines Handys war ebenfalls fast leer. Ein sterbenslangweiliger Abend also. Wir konnten noch nicht einmal einen von Hannes' Filmen gucken.

Ein kleiner Schalk tapste im Dunkeln heran und hüpfte auf meine Schulter.

„Du hast es verbummelt. Das ist so typisch." Herausfordernd verschränkte ich die Arme vor der Brust. „Ich würde sagen, das gibt Mietminderung. Oder einen Stern weniger auf TripAdvisor. Vielleicht auch beides. Ich bin mir noch nicht sicher."

„Komm schon, Sophia. Das kannst du doch nicht machen", erwiderte er fassungslos. „Das wäre wirklich nicht nett von dir." Erschüttert starrte er mich an.

Ich beschloss, ihn noch einen Moment länger zappeln zu lassen. „Die Liste wird inzwischen ganz schön lang. Angefangen mit der verbummelten Absage, dem Internet … Und was ist mit meinem schönen Abendessen? Muss ich darauf auch Stunden warten?"

„Na ja, kommt darauf an, wie schnell die das reparieren … Tut mir leid." Er wirkte ehrlich zerknirscht. „Aber eine schlechte Bewertung wäre wirklich fies."

„Wäre es, und deswegen würde ich das auch nie im Leben tun."

„Dann war das eben ein Scherz?"

Ich grinste. „Was sonst? Kleine Revanche für alle schlechten Scherze bisher."

„Wow, eine Sekunde lang dachte ich wirklich …" Er musterte mich mit gerunzelter Stirn. Dann löste sich die Anspannung aus seinem Gesicht. Ein breites Lächeln zog sich um seine Mundwinkel. „Heiliges Kanonenrohr! Der Witz könnte glatt von mir gewesen sein."

„Dein Humor scheint auf mich abzufärben. Ich bin mir nicht sicher, ob das gut oder schlecht ist", gab ich lässig zurück. Noch immer ruhte sein Blick auf mir. Mein Magen kribbelte, als würden Champagnerbläschen in ihm aufsteigen.

„Du gefällst mir immer besser …" Grinsend machte er einen Schritt auf mich zu und sah mir tief in die Augen.

Du mir auch, Hannes, du mir auch …

Dieser Blick. Was war das nur? Konnte er bitte aufhören, mich so anzusehen? Wenn das so weiterging, *würde ich mich noch in Hannes verl*ieben. Und zwar mit Anlauf und Sprung vom Drei-Meter-Brett.

Wie gut, dass meine Vernunft dazwischenfunkte. Ich war kurz davor, alle Zweifel beiseitezuschieben, meine Arme um seinen Hals zu schlingen und ihn zu küssen.

Stattdessen drehte ich mich um, ging zur Arbeitsplatte hinüber und nahm das Brett mit der halb gehackten Zwiebel hoch. „Was machen wir jetzt damit? Zwiebelbrot? Labskaus können wir für erst mal knicken."

„Lass mal sehen." Er ging zum Kühlschrank und leuchtete mit der Handytaschenlampe hinein. „Aufstrich, Käse und eingelegter Matjes. Ich fürchte, größer ist die Auswahl nicht. Es sei denn, du möchtest lieber Weihnachtsplätzchen und Stollen zum Abendessen?" Er schlug den Kühlschrank zu und sah mich schmunzelnd an.

„Dann lieber Brot." Ich deutete auf die flackernden Kerzen um uns herum. „Candle-Light-Dinner im Leuchtturm. Du solltest Romantikwochenenden für Pärchen anbieten. Der Leuchtturm sprüht nur so vor Romantik. Wenn man sich da nicht verliebt, dann weiß ich auch nicht …"

Ich biss mir auf die Lippen. Herrje. Welches Teufelchen hatte mich jetzt schon wieder geritten?

Keine Reaktion von Hannes. Kein alberner Spruch. Kein *Hey, coole Idee*. Nichts.

Mit angehaltenem Atem schielte ich zu ihm hinüber. Ich konnte nicht sagen, was in ihm vorging. Aber ganz sicher dachte er nicht darüber nach, wie sich mit Wochenendspecials im Leuchtturm Geld verdienen ließ.

„Keine schlechte Idee", sagte er mit leicht angespannter Stimme. Er machte einen halben Schritt auf mich zu. Ich hatte den Eindruck, dass ihm etwas auf der Zunge brannte, er aber zögerte, es auszusprechen.

„Findest du?" Ich schluckte. Warum klopfte mein Herz auf einmal so laut?

„Eigentlich habe ich die Nase gründlich voll von allem, was mit Liebe zu tun hat. Aber vielleicht ändert sich das gerade."

Schweigend sahen wir uns in die Augen. Das Knistern zwischen uns wurde unerträglich.

Wie aus dem Nichts wurde es hell in der Küche.

„Oh“, stieß ich hervor.

Hannes brauchte einen Wimpernschlag länger als ich, um sich wieder zu fangen. Er wirkte … überrascht? … enttäuscht? … erleichtert?

„Na, das ging ja schnell“, meinte er schließlich mit einem Lächeln, das irgendwie gekünstelt wirkte.

„Hm“, machte ich lahm. „Hätte ja niemand damit gerechnet.“

„Na super!“, rief Hannes übertrieben heiter, als hätte sich ein Schalter in ihm umgelegt. Er schnappte sich das große Schneidemesser und das Brett mit der halb gehackten Zwiebel. „Dann also doch Labskaus. Sind die Kartoffeln schon fertig geschält?“

- Kapitel 14 -

Die *Seebrise* war eine betagte Dame mit Persönlichkeit und Charme und hätte sicher eine Menge zu erzählen gewusst. Von außen machte sie einen gemütlichen, robusten Eindruck mit dem hochgezogenen Bug, dem rot gestrichenen Steuerhaus mit dem Schornstein darauf und dem gelb gestrichenen Mast. Über eine schmale Holztreppe gelangte man auf das Unterdeck. Ursprünglich hatten sich hier die Fracht- und Lagerräume befunden. Jetzt war daraus ein langgezogener, in Nussbaumholz gehaltener Raum entstanden mit Einbaubänken an beiden Seiten und Tischen davor. Die schräg stehenden Strahlen der Nachmittagssonne schienen durch die Fenster. Silbrige Staubteilchen tanzten durch die Luft. Alles wirkte hell und behaglich. Am hinteren Ende führte eine verkleidete Tür in eine Kombüse – eine Küche, so winzig wie in einem

Wohnwagen. Außerdem gab es eine Toilette mit angegliederter Dusche und eine Koje, die Schlafplatz für eine Person bot.

Hier also verbrachte Hannes die Sommermonate. Unauffällig sah ich mich um, ob es in seinem Zuhause auf See auch ein paar private Dinge gab. Alles, was ich entdeckte, waren ein Stapel Zeitschriften und eine handgenähte Patchworkdecke, aber keine Bilder an den Wänden oder Fotos auf dem kleinen Tisch neben dem Bett.

Nach dem Rundgang machten wir es uns im Steuerhaus auf der Eckbank mit den dicken, bunten Kissen gemütlich. Weil ich fröstelte, holte Hannes für mich eine kuschelige Fleecedecke aus der Sitzbank hervor. Aber so richtig warm war mir immer noch nicht, deshalb ging Hannes nach unten in die Kombüse, um uns *ein bisschen was Warmes zu trinken* zu machen, wie er es nannte. Während ich mit einem Zeichenprogramm eine Skizze der *Seebrise* anfertigte und über der Anordnung der Stände brütete, hörte ich ihn im Unterdeck herumhantieren. Zurück kam er mit zwei Henkelbechern Kakao, jeder mit einer üppigen Sahnehaube verziert. Einen davon schob er mir zu.

Ich schnupperte. „Sieht lecker aus. Wonach riecht das? Ist da Alkohol drin?“

Er setzte sich zu mir auf die Bank und zog eine Packung Lebkuchen aus der Bauchtasche seines Hoodies. „Das ist Tote Tante, mit echtem Kakao, gehackter Zartbitterschokolade, Spr*ühsahne, einem Schuss Rum und ganz viel Liebe. Das muss so. Sonst schmeckt* *das nicht", schob er hinterher, als er meinen verwunderten Blick auffing. „Und? Bist du weitergekommen?"*

„Ja, bin ich. Schau mal." Ich schob ihm das iPad hin und legte beide Hände um den warmen Emaillebecher. „Wenn wir das so anordnen, hätten wir Platz für zehn Stände. Was hältst du davon?"

Schweigend betrachtete er meinem Entwurf. Dann lehnte er sich zurück und warf mir einen anerkennenden Blick zu.

„Sensationell! Du hast eine Art Rundgang konzipiert, richtig?"

„Ja, genau." Ich tippte mit dem Finger auf den Plan. „Hier teilen wir den Raum der Länge nach in zwei Hälften. Das geht am besten mit transportablen Pinnwänden oder auch mit Tüchern, falls wir nichts Passendes auftreiben können. Wenn die Besucher hier hereinkommen und dann nach rechts gelenkt werden, entsteht ein Durchfluss. Das ist besser, als wenn sich alles durcheinander schiebt. Der Bummel über den Basar wird so viel entspannter. Zumindest hoffe ich das."

„Und die Essensstände hast du auf dem Oberdeck untergebracht?"

„Genau. Ich dachte, dort könnten die Besucher gemütlich beisammenstehen und plauschen. Vorausgesetzt, das Wetter spielt mit." Ich nippte an meinem Becher. Cremige, leicht süße Sahne glitt über meine Lippen, gefolgt von heißem, samtigem Kakao. Den Rum schmeckte man ordentlich durch. Ich setzte den Becher ab und leckte mir über den Mund. „Hui, deine Tote Tante hat ordentlich Drehzahl. Gibt es irgendwo Löffel zum Umrühren?"

„Umrühren ist nicht. Man trinkt durch die Sahne durch“, erklärte Hannes. „Vor allem darf sie nicht lange stehen. Ich hoffe, sie schmeckt dir?“

„Himmlisch. Allerdings brauche ich dazu eine Grundlage, damit der Alkohol nicht so schnell dreht.“ Der Rum wärmte meinen Magen, allerdings konnte ich die Wirkung schon ein wenig in meinem Kopf spüren. Gut, dass wir zu Fuß zum Hafen gelaufen waren. Ich nahm mir eines der Lebkuchenherzen. „Meinst du, den Damen vom Rommécub gefällt die Idee?“

„Sie werden begeistert sein. Ganz sicher. Möchtest du Hildrun oder Greta anrufen und ihnen deine Lösung präsentieren?“

Ich knabberte an meinem Lebkuchen und überlegte. „Noch nicht. Zuerst möchte ich aufs Amt gehen und fragen, ob wir eine Genehmigung bekommen. Ich will den Leuten nicht Hoffnung machen und sie dann womöglich enttäuschen müssen.“

„Dann sagst du es ihnen morgen Abend? Bei der Feier im Leuchtturm?“

Ich nickte. „Ja, vorausgesetzt, niemand legt uns Steine in den Weg.“

„Das wird schon nicht passieren. Wenn du möchtest, komme ich mit aufs Amt. Sollte es technische Fragen geben, kann ich sie gleich klären.“

„Das wäre prima. Können wir das vielleicht gleich morgen früh erledigen? Falls du es zeitlich einrichten kannst, wäre das wunderbar.“ Ich unterdrückte ein Gähnen, aber Hannes bemerkte es dennoch.

„Erschöpft?“ Er musterte mich nachdenklich.

„Ein wenig. Aber dafür ist jetzt alles für die Feier morgen Abend fertig. Den Punkt können wir schon mal gedanklich abhaken."

„Ich danke dir. Wenn ich dich nicht gehabt hätte … Mit dir zusammen hat es richtig Spaß gemacht."

„Das finde ich auch. Es war ein anstrengender, aber schöner Vormittag."

„Das finde ich auch, Sophia." Er lehnte sich vor, verschränkte die Hände und sah mir ins Gesicht. Augenblicklich fühlte ich wieder dieses Kribbeln in mir. „Überhaupt … Es ist ein wunderschöner Zufall, dass wir uns begegnet sind."

„Weil du vergessen hast, die E-Mail abzuschicken." Ich lächelte bei der Erinnerung daran, wie geschockt ich an jenem Tag gewesen war.

„Die besten Dinge im Leben kommen oft unerwartet, ist es nicht so?", fragte er.

Mein Herz klopfte auf einmal viel zu laut. Etwas zwischen uns war dabei, sich zu verändern. Hannes' Blick war weich und voller Nähe.

„Darf ich dich etwas fragen?", platzte ich heraus und war selbst von mir überrascht, dass ich es laut aussprach. Die Tote Tante hatte ihre Tücken.

„Hm?"

„Gestern, bei dem Stromausfall …" Ich räusperte mich. „Du sagtest, etwas sei dabei, sich zu verändern. Dass du der Liebe gegenüber wieder offener wärst." Ich brach ab und zuckte die Schultern.

„Stimmt. Das habe ich gesagt." Er lächelte. „Und jetzt möchtest du wissen, wie das gemeint war?"

„Wenn das okay für dich ist." Ich nickte.

Eine Pause entstand. Konzentriert starrte er vor sich hin.

„Nach der Trennung von Bentje, meiner Ex, war ich völlig am Boden“, sagte er unvermittelt. „Ich dachte, am besten sperre ich alles, was mit Gefühlen zu tun hat, ganz weit weg. Weil ich mich nie wieder so fühlen wollte. So wütend, so hilflos und so verletzt.“

Er verstummte.

„Das tut mir leid für dich.“ Ich drehte meinen Becher in den Händen.

„Aber je mehr man etwas verdrängt, umso heftiger will es zurück an die Oberfläche.“ Er musterte mich mit schwindelerregender Intensität.

Mein ganzer Körper prickelte. Ob er beim Küssen ebenso leidenschaftlich war wie mit seinem Blick? Ich sehnte mich danach, es herauszufinden.

Schweigend griff er nach seinem Becher und nahm einen Schluck. „Aber dann ist es einfach passiert.“

„Was genau meinst du damit?“, fragte ich mit einer Stimme, die merkwürdig heiser klang.

Er beugte sich zu mir und griff nach meinen Händen. „Du bist in mein Leben geplatzt. Und dann hat das Eis in mir angefangen zu schmelzen. Mitten im Winter.“

Langsam strichen seine Daumen über meine Handrücken. Ich atmete zitternd ein.

„Da ist etwas zwischen uns. Oder sehe ich das falsch?“, fragte er.

„Nein, das empfinde ich auch so“, erwiderte ich. Meine Gefühle fuhren Achterbahn. Hatte er das gerade wirklich gesagt? „Es ist nur … Ich verstehe nicht ganz …" Überfordert zuckte ich die Schultern, während ich nach Worten suchte.

„Sag ruhig", meinte er leise und sah mich weiter mit diesem besonderen Blick an.

„Gestern Abend, kurz bevor der Strom wieder da war …" Ich stockte. „Mir kam es so vor, als hätten wir uns beinahe geküsst. Oder bilde ich mir das ein?" Angespannt hielt ich den Atem an.

„Das hätten wir beinahe." Er nickte bedächtig.

„Aber dann wolltest du es doch nicht?"

„Doch. Sehr sogar."

„Aber du hast es nicht getan." Mein Magen fühlte sich hohl an, meine Gefühle wirbelten wild durcheinander. „Warum?"

„Weil … ich weiß auch nicht, wie ich es dir erklären soll", erwiderte er leise. „Vielleicht hätte ich schon früher damit herausrücken sollen, aber die Trennung hat mich ganz schön heruntergezogen."

Ich sog die Luft ein.

Das war es also. Die Sache, über die er nicht hatte reden wollen, weil es ihn noch immer wütend machte.

„Eigentlich hatte ich vorgehabt, Single zu bleiben. Aber dann bist du aufgetaucht. Und du hast mich ziemlich umgehauen. Und verwirrt …" Er unterbrach sich und runzelte die Stirn. „Es tut mir leid, wenn ich widersprüchliche Signale sende. Es ist nur so … Nach der Sache mit Bentje kann ich Nähe nur ganz langsam zulassen."

Geistesabwesend betrachtete ich unsere Hände auf dem Tisch. Meine Gedanken wanderten zurück zu der DVD, die wir zusammen gesehen hatten, *Forrest*

Gump. Hannes hatte gemeint, für ihn brächte es der Film so ziemlich auf den Punkt. Erst jetzt verstand ich, weshalb.

„Man muss die Vergangenheit hinter sich lassen, bevor man nach vorn schauen kann", zitierte ich sinngemäß.

„Wenn das so einfach wäre." Er lachte, aber es klang bedrückt. „Ich wünschte, ich könnte mit dem Kutter so weit aufs offene Meer hinausfahren, dass mich die Vergangenheit nicht mehr belastet. Einmal habe ich das sogar versucht." Er ließ meine Hände los und zuckte leicht die Schultern. „Es hat nicht funktioniert. Außer, dass mir der Diesel ausgegangen ist und ich mit dem letzten Tropfen noch gerade so wieder den sicheren Hafen erreicht habe."

Ein paar Atemzüge lang saßen wir stumm nebeneinander.

Schließlich gab Hannes sich einen Ruck. „Das klang jetzt ziemlich dramatisch. Was ich damit sagen wollte, ich habe noch einiges zu verarbeiten."

„Verst*ändlich." Ich nickte. Mein Herz hätte sich eine andere Antwort ersehnt, mein Hirn war dankbar für so viel Ehrlichkeit.*

„Ist es okay, wenn ich dich in den Arm nehme?", fragte er mit einer Zärtlichkeit in der Stimme, die neu war zwischen uns.

„Sehr sogar." Mit einem wohligen Ausatmen lehnte ich den Kopf gegen seine Brust.

„Ich habe keine Ahnung, wohin das mit uns führt. Oder ob es überhaupt irgendwo hinführt." Seine Lippen berührten zart meinen Scheitel. „Aber ich weiß, dass die Welt ein kleines bisschen heller ist, wenn ich mit dir zusammen bin. Du bist etwas Besonderes."

„Danke, dass du das sagst." Ein warmes Glücksgefühl durchströmte mich. „Ich empfinde ähnlich wie du. Es tut gut, in deiner Nähe zu sein."

„Dann lass uns das einfach genießen, ja?" Er streichelte zärtlich meinen Nacken. „Alles andere bringt die Zeit mit sich."

Mit einem wohligen Seufzer drückte ich mich näher an Hannes. Irgendwann würde ich darüber nachdenken müssen, wie tief meine Gefühle für ihn waren oder ob das mit uns nur ein kurzes, flüchtiges Wintermärchen war.

Irgendwann, aber nicht jetzt.

- Kapitel 15 -

„Noch jemand Tee?" Hildrun griff zur Teekanne und blickte in die Runde.

„Ja, bitte. Friesentee trinke ich in Hamburg auch gern. Aber so gut wie auf Sylt schmeckt er nicht." Ich hielt ihr meine Tasse hin.

„Das liegt am Wasser hier." Hildrun schenkte ein. Wir saßen in gemütlicher Runde um den Küchentisch im Leuchtturm versammelt. Es war tatsächlich etwas eng. Aber niemand störte sich daran. Im Gegenteil. Je mehr, desto fröhlicher, hieß es nicht so? Für den lebenden Adventskalender schien das zu gelten.

Gedankenverloren starrte ich vor mich hin. Unglaublich, wie viel sich seit meiner Ankunft verändert hatte. Für jemanden, der von Weihnachten nichts hatte wissen wollen, fühlte ich mich hier mit all den Menschen aus dem Dorf und der vorweihnachtlichen Stimmung pudelwohl. Hildrun, Flo, Greta, die anderen Damen und ein paar Nachbarn aus der Siedlung in den Dünen waren gekommen. Zur feierlichen Einstimmung hatten wir gemeinsam Weihnachtslieder gesungen. Hannes hatte uns auf dem Schifferklavier begleitet. Flo hatte dazu Mundharmonika gespielt. Die Kerzen am Jöölboom und am Adventskranz flackerten leise vor sich hin. Dazu verströmten die Plätzchen und Lebkuchen auf den bunten Tellern ein köstliches Aroma. Und als Greta vorhin eine Mandarine geschält hatte, hatte der Duft die ganze Küche erfüllt.

Kurzum, es hätte sich nicht kuscheliger, vertrauter und weihnachtlicher anfühlen können, als es das gerade tat. Beinahe war ich bereit zu glauben, dass Wunder wirklich passieren konnten. Wie sonst ließ sich erklären, dass mich so viel freudige Weihnachtsstimmung erfüllte? Von meiner Idee hatte ich noch nicht berichtet. Bislang hatten sich die Gespräche um den neuesten Tratsch und um Erinnerungen von früher gedreht. Daher wartete ich ab, bis der Moment gekommen war.

Während ich der Unterhaltung am Tisch lauschte, goss ich Sahne in meinen Tee. Entgegen dem Uhrzeigersinn, wie es sich gehörte. Cremefarbene Wölkchen stiegen in der Tasse auf. Die Kluntje in der heißen Flüssigkeit knackten leise.

„So, nachdem wir nun mit dem Klönschnack durch sind, würde mich mal eines interessieren." Hildrun blickte lächelnd zwischen Hannes und mir hin und her. „Wie habt ihr beiden Hübschen den Stromausfall neulich überstanden?"

Etwas perplex sah ich Hannes über den Tisch hinweg an. Ebenso überrascht blickte er zurück. Ich spürte, wie mir die Hitze in die Wangen stieg.

„Eigentlich ganz gut", erklärte Hannes in lässigem Ton.

„Muss romantisch gewesen sein, oder? So bei Kerzenlicht?", mischte sich Flo jetzt in das Gespräch. Dabei hatte er den ganzen Abend kaum ein Wort von sich gegeben.

Mit gerunzelter Stirn musterte ich ihn. Etwas lag in der Luft.

„Ja, das war es." Ich reckte das Kinn. „Vor allem kommt man gut zum Nachdenken, wenn man weder durch das Handy noch durch die PlayStation abgelenkt ist."

„Und was ist dabei herausgekommen?" Flo hielt meinem Blick ohne Blinzeln stand.

„Alle mal herhören!" Janne klatschte in die Hände.

Froh um die Unterbrechung lehnte ich mich zurück.

„Ich will euch mal erzählen, was vor *über hundert* Jahren in einer Sturmnacht vor Weihnachten hier im Leuchtturm passiert ist."

„Ach, du schon wieder mit deinem Seemannsgarn", winkte Wiebke gelangweilt ab. „Die Geschichte kennt doch jeder."

„Aber ich nicht, und ich will sie hören", warf ich ein, froh um die Ablenkung.

Vielleicht steckte nichts hinter Flos Bemerkung. Möglicherweise reagierte ich gerade ein wenig zu empfindlich. Was daran lag, dass ich seit gestern, nach viel reden, kuscheln und Toter Tante, mit einem

Lächeln auf den Lippen und einem Glücksgefühl im Bauch herumlief. Den ganzen Tag über hatte zwischen Hannes und mir eine besondere, fast magische Stimmung geherrscht. Als würden wir gemeinsam in einer hauchdünnen Schneekugel stecken und um uns herum fielen zarte Flocken von Geborgenheit vom Himmel. Die Sache war, alles fühlte sich noch so neu an und so zerbrechlich. Seit Ankunft der Gäste versuchten wir uns normal und unbeschwert zu geben. Wir umkreisten uns, darauf bedacht, genügend Abstand zu halten. Aber Flo schien dennoch etwas zu wittern.

„Nicht rühren. Das bringt Unglück." Greta legte lächelnd ihre Hand auf meine.

Ich legte den Löffel beiseite und fühlte mich ertappt. „Ich war wohl in Gedanken schon bei der Sturmnacht von 1800", improvisierte ich rasch. „Was ist damals passiert?"

Janne rückte sich zurecht. Ihre Augen funkelten vergnügt. „Am Tag vor Weihnachten zog in jenem Jahr ein schweres Unwetter auf. Die Hamburger Kaufmannstochter Marga befand sich auf dem Weg zurück von Dänemark, wo sie Verwandte besucht hatte. Ihr Schiff kenterte im Sturm. Johann, der Leuchtturmwächter, rettete sie aus der Brandung. Er nahm sie mit zu sich, gab ihr Essen und trockene Kleidung und sorgte dafür, dass sie wieder zu Kräften kam. Der Sturm dauerte mehrere Tage. Also konnten die beiden den Leuchtturm nicht verlassen. Wie das so ist, kamen sie sich näher. Johann erzählte von seiner Zeit zu See und seinem Leben als Leuchtturmwächter.

Marga berichtete von ihrem Alltag in Hamburg. Die beiden verliebten sich unsterblich ineinander. Aber dann musste Marga zurück zu ihrer Familie und Johann blieb zurück, um weiter das Leuchtturmfeuer am Brennen zu halten. Schließlich aber hielt er es nicht mehr aus. An einem eisigen Wintertag stieg er auf ein Boot und machte sich auf den Weg nach Hamburg, um um Margas Hand anzuhalten. Schwerer Seenebel zog auf, aber Johann hatte Glück und schaffte es sicher nach Hamburg. Als er dort ankam, erfuhr er, dass Marga auf dem Weg zu ihm nach Sylt war, weil sie es ohne ihn ebenfalls nicht mehr aushielt. Leider kam Marga dort nie an. Ihr Segelschiff stieß im Nebel kurz vor Sylt mit einem anderen Boot zusammen und zerschellte. Margas Leichnam wurde in der Bucht vor dem Leuchtturm angespült, wo Johann sie nach seiner Rückkehr tot im nassen Sand fand. Seitdem geistert sie als Geist in nebligen Nächten durch den Leuchtturm, auf der Suche nach ihrem Geliebten."

Janne lehnte sich zurück und blickte in die Runde.

„Huh", machte ich. Ein Kribbeln durchlief mich, ich schüttelte mich durch. „Bloß gut, dass es hier im Leuchtturm nicht spukt. Was für eine Geschichte! Man könnte glatt einen Podcast darüber machen."

„Könnte man, und wir haben noch jede Menge weiterer interessanter Geschichten auf Lager", erklärte Janne eifrig.

„So ist es nun mal Tradition bei uns auf der Insel", übernahm Else das Gespräch. „Man kommt vor Weihnachten zusammen und erzählt sich Geschichten.

Dabei spinnt oder strickt man *für die Bedürftigen in der Gemeinde, schon seit jeher. Überleben konnte man früher eben nur, wenn alle zusammenhielten.*"

„Das ist auch heute noch wichtig", pflichtete Hildrun ihr bei. „Man kann viel Gutes bewirken, wenn man miteinander und nicht gegeneinander arbeitet. Am Schluss haben alle etwas davon."

„Schön, dass es das auf Sylt noch gibt." Ich holte tief Luft und blickte in die Runde. „Weil wir gerade beim Thema sind, wie wir anderen helfen und uns nützlich machen können. Mir ist eine Idee gekommen, wie wir den Weihnachtsbasar doch noch stattfinden lassen können."

„Das wäre ganz wunderbar", sagte Hildrun begeistert. „Erzähl bitte."

„Der Basar könnte auf Hannes' Kutter stattfinden. Ich habe heute Vormittag mit der Behörde gesprochen. Der zuständige Beamte ist einverstanden. Wir bekommen die Genehmigung."

„O mein Gott! Wie großartig", jubelte Greta und fiel mir spontan um den Hals. Auch von den anderen kam begeisterte Zustimmung.

„Lasst uns den Basar am Samstag, den Zweiundzwanzigsten, veranstalten", schlug Hildrun vor. „Hannes, es ist großzügig, dass du uns die *Seebrise* zur Verfügung stellst."

„Kurz vor Heiligabend, das ist perfekt", bekräftigte Wiebke. „Dann hätten wir noch drei Tage zur Vorbereitung. Reicht uns das?"

„Aber sicher. An den Artikeln, die verkauft werden sollen, haben wir schon seit Oktober gearbeitet," warf

Hildrun ein. „Mit etwas Planung und Organisation klappt das. Sophia, was meinst du? Würdest du die Leitung übernehmen? Ich glaube, ich spreche für alle, wenn ich sage, dass wir uns darüber freuen würden." Hildrun sah mich bittend an.

„Sehr gern", meinte ich gut gelaunt.

„Zum einen war es deine Idee. Zum anderen hast du ein besonderes Händchen für Deko. Ich nehme an, das Schmücken des Leuchtturms hast du übernommen, richtig?" fuhr Hildrun fort.

„Das hat sie", sagte Hannes begeistert. „Sophia ist wirklich unglaublich talentiert in solchen Dingen."

„Ach was, das gehört zu meinem Job", meinte ich verlegen und zog den Block hervor. „Wenn ihr wollt, hätte ich hier schon eine Zeichnung, wie die Aufteilung der Stände aussehen könnte. Ist natürlich nur eine Idee. Nichts ist fest. Möchtet ihr es sehen?"

„Unbedingt", sagte Hildrun entschlossen.

Der weitere Abend verging wie im Flug. Wir diskutierten, verteilten Aufgaben und überlegten, wer was zur Dekoration beisteuern könnte. Als die letzten Gäste sich verabschiedeten, war es spät in der Nacht.

„Ich bring euch zur Tür", bot Hannes an, als alle standen.

„Ich bleibe und helfe aufräumen. Zusammen geht es schneller", sagte Greta eilig und schnappte sich zwei leere Teetassen.

Mir lag auf der Zunge zu sagen, dass das nicht nötig sei. Schließlich gab es eine Spülmaschine. Aber etwas an der Art, wie sie mich ansah, hinderte mich daran.

„Also schön", sagte sie lächelnd, sobald wir allein waren. „Darf ich dich etwas fragen? Du musst nicht antworten, wenn du nicht willst."

Ich hatte doch gewusst, dass etwas in der Luft lag. „Frag ruhig."

„Okay." Sie stellte die Tassen auf die Ablage neben der Spüle und musterte mich mit einem breiten Grinsen. „Täusche ich mich, oder sieht Hannes dich immer mit so einem ganz besonderen Blick an?"

„Du hast es also gemerkt", sagte ich, erleichterter, als ich gedacht hatte. Diese ganze Versteckspielerei war nichts für mich.

„War ja wohl kaum zu übersehen", meinte Greta amüsiert.

„Verflixt." Ich ließ die Schultern sacken.

„Was ist denn so schlimm daran?" Gretas Stimme klang sanft. „Ich würde mich freuen, wenn es zwischen euch gefunkt hat. Hannes hat eine schlimme Zeit hinter sich. Sicher hat er dir von seiner Trennung erzählt?"

„Das hat er." Ich seufzte. „Um ehrlich zu sein, ich bin mir nicht sicher, was das mit uns ist. Aber ich fange an, mich in ihn zu verlieben."

„Aber das ist doch wunderschön", rief Greta freudig. „Ihr beide passt unheimlich gut zusammen. Es wäre toll, wenn etwas Ernstes daraus wird."

„Vielleicht ja, vielleicht nein." Vage zuckte ich die Achseln. „Jedenfalls haben wir beschlossen, es langsam angehen zu lassen. Weil wir beide noch Ballast mit uns herumschleppten. Nicht gerade ideal für eine neue Beziehung."

„Lass euch Zeit." Greta nickte, ihre roten Locken wippten. „Sich Hals über Kopf zu verlieben, ist wunderbar. Dafür ist man später dann leider enttäuscht, wenn man Dinge an der anderen Person bemerkt, die einem nicht gefallen und die man zuvor ausgeblendet hat. Weil man vor lauter Bindungshormonen eine rosarote Brille aufhatte."

„Da ist was dran." Ich griff nach einem übrig gebliebenen Spekulatius und knabberte daran. „Tust du mir einen Gefallen und behältst das für dich? Es steht ja noch alles in den Sternen."

„Verlass dich auf mich. Meine Lippen sind versiegelt." Sie machte eine entsprechende Geste.

„Ähm … was ist eigentlich mit Flo?", fragte ich beiläufig. „Er ist wirklich nett und wir verstehen uns prima. Wir haben sogar dasselbe Hobby. Bisher lief es mit Flo immer locker. Aber heute war er irgendwie merkwürdig drauf. Hast du das auch gespürt?"

„Hm, schon", meinte Greta achselzuckend. „Hannes ist Flos bester Kumpel. Die beiden sind wie Pech und Schwefel. Flo hat ebenfalls eine Trennung hinter sich. Vielleicht spielt das mit rein."

„Mag sein", meinte ich leichthin. Und doch war da eine Stimme in mir, die mir zuflüsterte, dass es längst nicht so einfach war, wie Greta es darstellte. Ein Stück des Puzzles fehlte noch. Oder es lag nicht an der richtigen Stelle.

„Na, ihr beiden?" Hannes stürmte zurück in die Küche. Als er uns beide untätig und mit nachdenklichen Mienen dastehen sah, stutzte er. „Hoppla. Störe ich?"

„Wir haben nur ein wenig über dich geredet“, konterte Greta schlagfertig.

„Ach ja?“ Hannes grinste.

„Mhm-hm“, machte Greta schelmisch. „Die arme Sophia muss ganz schön Nerven bewahren, wenn sie es zusammen mit dir bis Weihnachten aushalten soll.“

„So schlimm?“, wandte sich Hannes gespielt entsetzt an mich.

„Und ob.“ Ich wackelte mit den Augenbrauen. „Du hast ja keine Ahnung.“

- Kapitel 16 -

„Ich bin verliebt. Aber so richtig bis unter die Haarspitzen, mit Knall und Fall, Herzflattern und allem, was dazugehört“, erklärte ich und warf Hannes einen schmachtenden Blick zu.

„Das habe ich kommen sehen.“ Er seufzte, schüttelte ratlos den Kopf und rieb sich das Kinn. „Und jetzt?“

„Diese Liebe wird nie vergehen, das *fühle* ich“, erwiderte ich und ließ ein inbrünstiges Stöhnen folgen.

„Geht mir genauso“, gestand Hannes mit zärtlicher Stimme. „Aber bei aller Liebe, könntest du bitte aufhören, an meinem Hals zu knabbern? Es fühlt sich komisch an.“

Nachdenklich wiegte ich den Kopf, während Hannes weiter den grauen Esel streichelte, der stur weiter mit dem Maul an seinem Kragen zupfte. „Was ich mich frage … bin ich wirklich bereit für eine Fernbeziehung?“

„Ich hatte dich gewarnt …“

„Hattest du“, bestätigte ich, während Tausende von Schmetterlingen durch meinen Magen flatterten. Meine Finger streichelten warme, feste Haut. Ein wohliges Glücksgefühl durchströmte mich. „Aber mal ehrlich, wie süß kann ein Minischwein bitte sein? Guck doch mal, wie er sich entspannt, wenn ich die Stelle hier hinter seinem Ohr kraule. Wir kennen uns erst seit zehn Minuten und er vertraut mir schon richtig. Ich möchte das als Erinnerung festhalten. Wärst du so lieb und würdest ein Foto von uns machen?“

„Wenn du darauf bestehst. Das wäre dann wohl das dreihundertfünfzigste“, meinte Hannes gutmütig. „So, Großer. Du gehst jetzt mal beiseite und hörst auf, mich anzustupsen. Ich habe keine Karotten mehr. Tut mir leid.“ Hannes hielt Walter die ausgestreckten, leeren Hände entgegen. Mit gekräuselten Nüstern schnupperte der Esel daran. Dabei machte er sanfte Atemgeräusche.

„Sag Bescheid, wenn er dir zu frech wird. Dann sperre ich ihn in seine Box.“ Merle, die Besitzerin des Gnadenhofs, kam zu uns in den Stall, eingemummelt in eine dicke, abgewetzte Wachsjacke, gefütterte Gummistiefel und mit einer roten Pudelmütze auf dem Kopf. Sie stellte die leere Schubkarre ab und schnappte sich die Mistgabel.

„Lass nur. Er stört mich nicht. Im Gegenteil. Wir sind gerade dabei, uns näher kennenzulernen. Ich glaube, das wird der Beginn einer wunderbaren Freundschaft.“ Achselzuckend holte Hannes sein Handy hervor und schoss Fotos von mir, wie ich auf einem

Strohballen hockte und Archie streichelte, während das schwarz-weiß gefleckte Schweinchen genüsslich vor sich hin grunzte.

Merle maß Hannes mit einem langen Blick. „Falls du mit dem Gedanken spielst, Walter zu adoptieren … du weißt schon, dass es die beiden nur im Doppelpack gibt?“

„Jo. Ist klar.“ Grinsend steckte Hannes das Handy weg. „Sag das mal besser Sophia. Sie hat sich unsterblich in Archie verliebt. Obwohl ich kaum Chancen für eine glückliche Beziehung sehe. Sophia wohnt in Altona.“

„Und das auch noch im Hochparterre“, seufzte ich unglücklich, ohne den Blick von Archie zu lassen. „Oh, nein! Wie niedlich, was machst du denn jetzt? Schaut mal, Leute, er schmeißt sich auf den Rücken, damit ich seinen Bauch kraule. Ist das nicht zum Niederknutschen?“

„Ich hoffe, die beiden finden bald ein gutes Zuhause.“ Merle hörte auf, Mist in die Schubkarre zu laden und stützte sich mit der Hand auf der Mistgabel ab. „Sophia, ich kann gar nicht sagen, wie dankbar ich bin, dass du das alles für den Gnadenhof tust. Um ehrlich zu sein, bin ich dringend auf die Einnahmen vom Basar angewiesen, um über die Runden zu kommen. Es ist alles so schrecklich teuer geworden. Das Heu, das Futter, die Tierarztrechnungen, einfach alles. Also, von Herzen danke.“

„Da nicht für“, meinte ich bescheiden. „Ich hoffe, dass ein paar der Tiere ein gutes Zuhause finden. Von einem Teil der Fotos, die ich gemacht habe, lass ich in Westerland große Abzüge für deinen Infostand machen. Die kommen dann an die Pinwand. Damit bauen wir emotionale Nähe zwischen den Besuchern und den Tieren auf, die vermittelt werden sollen. Zusätzlich erstelle ich noch Prospektmaterial, Steckbriefe der Tiere und Aufsteller mit QR-Codes, damit die Spenden reichlich fließen. Reels für Social Media wären auch nicht schlecht."

„Ehrlich, du bist der Hammer", meinte Merle anerkennend. „In nur drei Tagen einen Basar auf die Beine zu stellen und dafür die Werbetrommel zu rühren, ist wirklich ambitioniert."

„Dadurch, dass alle mithelfen, klappt das schon", erwiderte ich. „Hildrun, Flo, Greta und die anderen kümmern sich um den Aufbau der Stände und um die Deko. Ich koordiniere das mehr oder weniger nur und sorge dafür, dass die Sicherheitsauflagen umgesetzt werden. Eigentlich gebührt die Ehre Hannes, weil er uns die *Seebrise* zur Verfügung stellt."

„Sie untertreibt. Ohne Sophia wäre der Basar nicht zustande gekommen. Es ist ein Glück für uns alle, dass sie hier ist." Hannes tätschelte Walters Schulter und schenkte mir einen *zärtlichen Blick.*

Ein Glück, ja, das war es, stimmte ich Hannes in Gedanken zu. Mein Herz wurde weit, als ich diesen attraktiven, einfühlsamen, gelassenen und gleichzeitig so leidenschaftlichen Mann betrachtete, der meine Gefühle beherrschte. Am liebsten wäre ich aufgestanden, hätte meine Arme um seinen Hals geschlungen, mich hemmungslos an ihn gepresst und meine Lippen auf seinen Mund gedrückt, um ihn zu fühlen, zu schmecken, zu riechen und ihm nahe zu sein. Je mehr Zeit wir miteinander verbrachten, umso heftiger verliebte ich mich in ihn. Geschlafen hatten wir bisher dennoch nicht miteinander. Allerdings spürte ich, dass es bald passieren würde.

Ein wenig fürchtete ich mich davor, was sich dabei verändern würde. Mein Abschied von Sylt rückte Tag für Tag näher. Unsere gemeinsame Zeit war endlich, und sie war sehr überschaubar. Meinem Verstand war das sehr bewusst. Nur mein Herz weigerte sich, diese Tatsache zu akzeptieren. Wenn mein Körper dann auch noch nach dem Sex mit Bindungshormonen geflutet wurde, würde eine sehr unglückliche Sophia nach Weihnachten zurück nach Hamburg tuckern, mit jeder Menge Sylt-Sand auf den Fußmatten im Auto und einem Herz, das überlief vor Sehnsucht und Erinnerungen.

Das Problem war nur … alles mit Hannes fühlte sich so richtig an.

Jetzt nicht an morgen denken. Sonst verlierst du nicht nur die Zukunft, sondern auch die Gegenwart.

Ich kraulte ein letztes Mal über Archies weichen, warmen Bauch. Abschiede durfte man nicht in die Länge ziehen, sonst taten sie noch mehr weh.

Entschlossen erhob ich mich, klopfte das Stroh von meinen Beinen und wandte mich mit einem Lächeln an Hannes. „Dann lass uns mal wieder in die Hände spucken, okay? Es gibt noch eine Menge zu erledigen."

„Jo. Fällt mir schwer, mich von Walter zu trennen, aber muss ja." Zärtlich rieb er zum Abschied mit der

Hand über Walters Stirn. „Mach's gut, mein Freund, und halt die Ohren steif. Wir finden ein schönes Zuhause für dich, versprochen. Schlimm, wie schnell man sich verlieben kann."

Schweigend zupfte ich eine Haarsträhne zurecht, die unter meiner Mütze hervorlugte. *Schlimm, aber auch aufregend und schön*, ergänzte ich in Gedanken. Das brachte es ziemlich gut auf den Punkt.

- Kapitel 17 -

Schließlich war der große Tag da. In wenigen Stunden würde der Basar öffnen. Ich stand auf dem Oberdeck und ließ einen kontrollierenden Blick über die Aufbauten schweifen.

Der weihnachtlich geschmückte Hörnumer Hafen bildete eine perfekte Kulisse im Hintergrund. Noch war es hell, aber sobald es am Nachmittag dämmerte, würde der alte Kutter wundervoll romantisch und stimmungsvoll aussehen. Wir hatten Lichterketten entlang der Reling und quer über die Aufbauten gespannt. Hildrun und die anderen hatten alte Fischernetze mit Muscheln, künstlichen Seesternen und goldenen Weihnachtssternen verziert und hoch über dem Oberdeck aufgehängt. Mit den Lichterketten, die sie in den Netzen eingeflochten hatten, würde es später aussehen, als leuchtete ein Sternenhimmel über uns.

An den Essensbuden wurden die letzten Handgriffe vollendet. Yannick, der Wirt vom Hölzernen Wal, nagelte Speisekarten mit Preisen für Essen und Getränke an die Holzwände. Nebenan wirbelte Greta in ihrem Holzhäuschen herum und reihte Flaschen mit verschiedenen Fruchtsoßen hinter der Auslage auf. Die Damen vom Wohltätigkeitsverein übernahmen den Punschausschank und schichteten Becher auf die Regale. Trotz des Stresses waren alle gut gelaunt. Ein aufgeregtes, freudiges Vibrieren lag in der Luft.

„Wie wäre es mit einer Waffel mit heißen Kirschen und Sahne?“ Hannes kam auf mich zu und hielt mir die duftende Köstlichkeit unter die Nase. „Greta meinte, du solltest das unbedingt probieren, bevor der Verkauf startet.“

„Tut mir leid. Aber gerade bringe ich keinen Bissen herunter“, erwiderte ich bedauernd.

„Du stehst ganz schön unter Druck, oder? Du hast noch nicht mal gefrühstückt. Und nein, der halbe Liter schwarzer Kaffee zählt nicht.“ Er legte den Arm um meine Taille und küsste mich auf die Lippen.

In aller Öffentlichkeit.

Etwas nervös schielte ich über seine Schulter. Greta, Flo und Hildrun mussten den Kuss bemerkt haben.

Egal.

Irgendwann mussten wir den Schritt wagen und unsere kleine gemütliche Schneekugel der Zweisamkeit verlassen.

Hannes trat einen Schritt zurück und musterte mich besorgt. „Läuft denn alles nach Plan?“

„Leider nicht. Die Lieferung mit den Weihnachtsbäumen ist immer noch nicht eingetroffen. Wir haben noch vier Stunden.“ Ich nagte an meiner Unterlippe.

„Soll ich Heiko anrufen und nachfragen?“, bot Hannes an.

„Ja, bitte. Das würde mich beruhigen.“

Hannes gab mir einen zärtlichen Kuss. Dann nahm er das Handy, entfernte sich ein paar Schritte und telefonierte.

Gleich darauf kam er wieder zurück. Auf seiner Stirn stand eine steile Falte. Mein Magen schlingerte, als hätte ich einen Becher Sylter Welle zu viel erwischt.

„Hast du Heiko erreicht?“, fragte ich.

„Habe ich. Es gibt ein Problem. Der Lkw springt nicht an.“

„Und jetzt?“

Hannes wand sich. Offensichtlich hatte er keine guten Nachrichten für mich. „Leider kann Heiko auf die Schnelle keine Lösung anbieten.“

„Dann müssen wir die Bäume eben selbst abholen. Die Frage ist nur, wie.“ Mein Hirn arbeitete auf Hochtouren an einer Lösung. Ich ließ meinen Blick zum Parkplatz neben dem Hafenbecken schweifen. „In meine Ente passen sie schon mal nicht. Vielleicht können wir einen Trecker leihen? Dann bräuchten wir allerdings einen Fahrer. Ich selbst traue mir das nicht zu.“

Hannes verzog das Gesicht. „Wäre alles kein Thema. Aber ohne Führerschein …“ Er ließ den Rest des Satzes in der Luft hängen.

„Stimmt was nicht?“ Flo kam zu uns herübergeschlendert.

Wir berichteten, was los war.

„Ich könnte fahren“, bot Flo an. „Ein Kumpel von mir hat einen Trecker. Den könnten wir sicher haben. Soll ich ihn fragen?“

„Ja, bitte“, erwiderte ich erleichtert.

Im Handumdrehen hatte Flo alles geregelt. Ich zog den Autoschlüssel aus meiner Tasche und klimperte damit herum. „Ich wäre gern dabei, nur um sicherzugehen, dass mit der Lieferung alles passt. Wir können mein Auto nehmen. Du musst mir nur sagen, wie wir zu deinem Kumpel kommen“, sagte ich zu Flo und drehte mich dann mit einem Lächeln zu Hannes um. „Ich bin fix wieder da. Hältst du so lange die Stellung?“

„Jo, muss ja. Eigentlich wäre mir mehr nach Meuterei. Du hast mir da ganz schön was eingebrockt.“ Mit einem schiefen Grinsen schob er die Hände in die Taschen seiner Jeans.

„Du wirst entzückend aussehen mit Rauschebart und Weihnachtsmannkostüm. Glatt zum Verlieben“, witzelte ich.

„Ich dachte, das wärst du längst?“ Hannes’ Augen funkelten.

„Wer weiß, wer weiß“, neckte ich ihn. „Du kannst ja schon mal die Angel nach mir auswerfen. Vielleicht beiße ich an?“

„Können wir jetzt?“, unterbrach Flo gereizt unser Gespräch.

„Klar“, erwiderte ich irritiert. Ging das die ganze Fahrt über so? Konnte Flo nicht einfach akzeptieren, dass Hannes und ich eine Schwäche füreinander hatten?

„Du und Hannes also, ja?“, eröffnete Flo unvermittelt das Gespräch, sobald wir in meiner Ente saßen.

„Schon möglich“, gab ich vorsichtig zurück und drehte den Zündschlüssel. Hustend und röchelnd startete der Motor. Etwas in mir verspannte sich. Was sollte ich denn bitte schön antworten? Schließlich musste ich mich vor Flo für nichts rechtfertigen. Schweigend lenkte ich das Auto aus dem Hörnumer Hafen.

Das Schweigen wurde ungemütlich.

„Wir mögen uns“, sagte ich also leichthin. „Warum interessiert dich das?“

„Hannes ist mein bester Kumpel“, gab Flo kurz angebunden zurück. Als wäre das eine Erklärung …

„Was willst du damit andeuten?“ Konzentriert starrte ich über das Lenkrad.

„Ich mache mir Sorgen um ihn.“

„Warum? Weil er auf mich steht? Komm schon. Das ist lächerlich.“ Krachend schaltete ich in den nächsthöheren Gang. „Überhaupt. Du hast beim Adventskalender im Leuchtturm auch schon so seltsam reagiert. Kannst du mir bitte mal erklären, warum?“

Wieder Schweigen.

Ich räusperte mich. „Du bist doch nicht etwa eifersüchtig? Weil Hannes momentan mehr Zeit mit mir verbringt als mit dir?“

„Damit hat es nichts zu tun.“ Flo hob den Arm und deutete aus dem Fenster. „Da vorn bitte links.“

Ich setzte den Blinker.

„Du solltest es beenden“, sagte er in einem sehr entschiedenen Tonfall.

„Wie bitte?“, stieß ich hervor.

„Du und Hannes, das ist keine gute Idee.“ Flo trommelte mit den Fingerkuppen gegen die Beifahrertür.

Wow. Alles in mir verspannte sich, vom Nacken bis hinunter zu den Zehen. In welchem Film war ich plötzlich gelandet? Mein Kopf fühlte sich an wie in Watte gepackt. Ich brauchte einen Moment, um das erst mal sacken zu lassen und mich zu sammeln. Einen ungünstigeren Zeitpunkt hätte Flo sich nicht aussuchen können, um eine solche Bombe platzen zu lassen. Was ich momentan am allerwenigsten gebrauchen konnte, war ein Streit. Gerade jetzt, wo ich einen Basar zu organisieren hatte.

„Weißt du,“ sagte ich schließlich mit ruhiger Stimme. „Ich fühle mich bei diesem Gespräch sehr unwohl. Um die Wahrheit zu sagen, empfinde ich dich gerade als sehr übergriffig. Du mischst dich in Dinge ein, die dich nicht betreffen. Was merkwürdig ist, denn du wirkst sonst immer so besonnen und sympathisch. Ich wäre wirklich froh, wenn du mir sagen würdest, was wirklich los ist.“

„Also schön. Wenn du darauf bestehst.“ Flo hörte auf, mit den Fingern herumzutrommeln. „Bentje und Hannes wollten heiraten, wusstest du das? Er hat ihr im September einen Antrag gemacht. Mit Candle-Light-Dinner, Verlobungsring und dem ganzen Drum und Dran. Im Oktober haben sie den Hochzeitstermin festgelegt, auf den vierzehnten Februar. Weil Bentje das so romantisch fand. Aber dann hat sie kurz darauf einen anderen Kerl kennengelernt und sich von Hannes getrennt.“

„*Shiiit*“, murmelte ich. Mir wurde ganz elend. Armer Hannes. Mit zittrigen Händen umklammerte ich das Lenkrad. Plötzlich klingelte etwas in mir. „Warte. Hast du gerade gesagt, sie haben sich erst kürzlich getrennt?“

„Was glaubst du, weshalb Hannes so fest entschlossen ist, auf Biegen und Brechen Weihnachten zu feiern. So wie immer? Als wäre nichts passiert?“ Flo lachte bitter. „Hannes war völlig am Boden. Jetzt versucht er, irgendwie über den ganzen Mist hinwegzukommen, ohne in Liebeskummer zu versinken. Weihnachten ist für ihn ein Ziel, auf das er hinarbeiten kann. Eine Insel inmitten rauer See. Etwas Sicheres, Zuverlässiges, das sich nicht plötzlich in Luft auflöst. Die Vorbereitungen auf die Feiertage geben ihm Halt oder Orientierung, so wie ein Anker. Oder was auch immer. Ich bin kein Psychologe. Nur sein bester Freund.“

Schlagartig wurde mir einiges klar. Die abgebrochenen Gespräche im Hölzernen Wal, all die Andeutungen, Flos seltsames Verhalten … Meine Kehle wurde eng. Ich räusperte mich. „Also verdrängt Hannes alles? Ich meine, weil er nicht darüber redet?“

Ein ungutes Gefühl stieg in mir auf. Wie schnell wir uns in der Abgeschiedenheit des Leuchtturms nähergekommen waren. Zu schnell, möglicherweise. Konnten Gefühle, die so überraschend und unerwartet aufflammten, tief empfunden sein, wenn der andere noch etwas zu verarbeiten hatte? War ich für Hannes eine Art Übergangsfrau? Eine Touristin, die keine Bedrohung für sein Gefühlsleben darstellte, weil sie ohnehin bald wieder verschwunden sein würde? Mein Herz schlug auf einmal viel zu schnell.

„Das würde ich so nicht sehen", durchbrach Flo meine Gedanken. „Menschen haben unterschiedliche Verarbeitungsmechanismen. Manche gehen mit ihren Problemen nach außen. Andere rollen sich ein wie ein Igel, weil ihr Innerstes so verletzlich ist, und zeigen ihre Stacheln. Und dann gibt es Menschen, die muss man in Ruhe lassen, damit sie sich sortieren können. Wenn sie genügend Abstand haben, kommen sie von selbst wieder aus sich heraus."

„Und Hannes gehört dazu."

„Schätze schon", sagte Flo zögernd. „Was glaubst du, wie die Sache mit der Trennung im ganzen Dorf herumging. Natürlich gab es ein riesiges Gerede, wie das eben in kleinen Gemeinden so ist. Hannes hasst es noch immer, wenn man ihn darauf anspricht. Deshalb hat er für sich beschlossen, so zu tun, als wäre nichts gewesen. Um sich nicht ständig damit auseinandersetzen zu müssen." Flo deutete wieder nach vorn. „Jetzt die zweite Ausfahrt im Kreisverkehr."

Ich setzte den Blinker.

„Hannes ist der ruhigste Mensch der Welt", fuhr Flo fort. „Aber als Bentje ihn ohne Vorwarnung abserviert hat, ist er ausgeflippt. Hat er dir erzählt, wie er seinen Führerschein verloren hat?"

„Nein, hat er nicht. Ich weiß nur, dass er Mist gebaut hat. Und, dass er über die Trennung nicht reden will, weil es ihn wütend macht."

„Siehst du. Genau das meine ich." Flo klang grimmig. „Wo wir gerade dabei sind, die Karten auf den Tisch zu legen. Die Sendung neulich mit den Kristallgläsern war nicht für mich bestimmt, sondern für

Hannes. Es hätte sein Weihnachtsgeschenk für Bentje sein sollen."

„Wieso hast du behauptet, es sei für dich?" Ich runzelte die Stirn.

„Keine Ahnung. Ich habe in dem Moment nicht wirklich nachgedacht. Vermutlich wollte ich verhindern, dass alles wieder in ihm hochkocht. Der Schmerz, die Enttäuschung, all das. Viel gebracht hat es wohl nicht, weil er spätestens mit der Nase darauf gestoßen wurde, als die Empfangsmail bei ihm einging."

Ich nickte schweigend.

So war das also. *Klick!*, und ein weiteres Puzzleteil fügte sich ins Bild. Flo hatte sich schützend vor seinen Freund gestellt. Genau wie er es jetzt tat. Ob das richtig oder falsch war, stand auf einem anderen Blatt. Es war Flos Leben und seine Verantwortung. Ich würde mich da nicht einmischen.

„Warte …" Konzentriert dachte ich nach. Etwas passte noch nicht ganz zusammen. „Ich dachte, deine Trennung wäre erst kürzlich gewesen. Hast du das nicht gesagt, als wir das Paket aufgemacht haben?"

„Das war *deine* Schlussfolgerung. Ich habe dich bloß nicht korrigiert." Flo seufzte. „Meine Trennung liegt schon länger zurück. Aber ich weiß sehr genau, wie es sich anfühlt, mit einem gebrochenen Herzen herumzulaufen."

„Nun", sagte ich mit belegter Stimme. „Anscheinend hat Hannes sich von seinem Liebeskummer erholt. Wie könnte es sonst sein, dass er sich für mich interessiert?"

Flo schwieg einen Moment. „Das ist es eben. Liebe trifft einen manchmal völlig unerwartet. Und dann ist plötzlich alles anders."

„Wo liegt das Problem?", sagte ich verständnislos. „Ist es nicht gut, wenn Hannes – wie du sagst – wieder nach außen geht? Bedeutet das nicht, er ist dabei, nach vorn zu sehen? Trotz Vergangenheit?"

„Du begreifst immer noch nicht." Flo seufzte. „Ich freue mich für Hannes, wenn er sich neu verliebt. Aber du bist leider die Falsche."

„Moment mal!", stieß ich empört hervor. „Ich finde es sehr gewagt von dir, das zu behaupten. Nein … Halt! Im Grunde empfinde ich es als äußerst unverschämt. Du kennst mich doch gar nicht."

„Das ist richtig", meinte Flo beschwichtigend. „Allerdings war die Bemerkung nicht gegen dich gerichtet, sondern auf die Umstände bezogen."

„Wie meinst du das?"

„Wie lange bleibst du noch auf Sylt? Eine Woche? Oder zwei?"

„Bis nach den Feiertagen", gab ich zurück.

„Und dann? Du gehst zurück nach Hamburg, wo dein Leben ist. Hannes dagegen wird Sylt nicht verlassen. Dafür hängt er zu sehr an seiner Heimat."

Ich schluckte. Flo hatte recht. Das alles war wirklich nicht leicht unter einen Hut zu bringen. Wir würden eben Kompromisse eingehen müssen. So, wie jedes Paar in einer glücklichen Fernbeziehung. Es gab doch *glückliche* Fernbeziehungen, oder? Trotz allem, was die Statistiken darüber zu berichten wussten?

„Siehst du“, sagte Flo unbarmherzig. „Das ist das wahre Ende der Geschichte. Du verschwindest, und Hannes wird das Herz zum zweiten Mal gebrochen.“

Ich schluckte nervös. „Wer sagt denn, dass es so sein muss?“

„Es wird so sein“, verkündete Flo und landete einen weiteren Pfeil in meinem Herz. „Wann wollt ihr euch denn sehen? Hast du nicht selbst gesagt, du bist im Job total eingespannt und ständig quer durch Deutschland unterwegs? Selbst wenn ihr euch mit den Wochenendbesuchen abwechselt, wie lange haltet ihr das denn durch?“

Schweigend starrte ich über das Lenkrad hinweg auf die schnurgerade Landstraße. Mein Verstand tippte mir von hinten auf die Schulter und forderte Beachtung, während mein Herz krampfhaft versuchte, sich an der rosaroten Wolke festzuhalten, auf der ich die letzten Tage über geschwebt hatte.

Machte ich mir etwas vor? Wie lange würden wir es durchhalten, eine Liebe auf Distanz am Laufen zu halten? Ich schaffte es ja sogar, Beziehungen zu vermasseln, wenn der andere nur fünf U-Bahn-Minuten von mir entfernt in der gleichen Stadt wohnte.

Meine Gedanken wanderten zurück zu Torsten, meinem Ex. Vor ein paar Monaten hatte er per WhatsApp mit mir Schluss gemacht.

Hallo Sophia. Ich habe keine Lust mehr, immer die Nummer zwei hinter deiner Arbeit zu sein. Du brauchst keinen Freund, du bist mit deinem Job verheiratet …

Im Nachhinein konnte ich ihn sogar verstehen. Mir selbst machte es nichts aus, fünfzig Stunden und mehr in der Woche zu arbeiten. Das brachte die Selbstständigkeit nun mal so mit sich. Für meine Beziehung war es der Todesstoß gewesen.

Und nun empfand ich etwas für einen Mann, der über vier Autostunden von Hamburg entfernt lebte? Dachte ich ernsthaft, dass das Zukunft haben könnte? Wie absurd.

Mit schwitzigen Fingern hielt ich mich am Lenkrad fest.

Ein kalter Windstoß wehte durch mich hindurch und fegte die kleine, geschützte Schneekugel mit Hannes und mir darin vom Kaminsims. Nun lag sie in Tausend Scherben zersplittert am Boden.

Zeit aufzuwachen, bevor wir uns beide noch tiefer in unsere Gefühle verstrickten.

Alles andere wäre verantwortungslos und egoistisch.

So egoistisch, wie darüber nachzudenken, ob man in einer Hochparterrewohnung ein Minischwein halten konnte.

Hannes gehörte nach Sylt. Er brauchte das Meer, den Salzgeruch in der Luft, die Weite.

Er hatte es nicht verdient, erneut unglücklich zu werden.

Und ich hatte es auch nicht.

Mein Herzschlag dröhnte in meinen Ohren.

Mit einem hohlen Gefühl im Magen nahm ich die rosa Brille von der Nase und packte sie weg.

Half ja alles nichts.

„Da vorn ist es. Wir sind da“, hörte ich Flo durch den Nebel in meinem Kopf sagen. Keine Sekunde zu früh. Erleichtert atmete ich auf und setzte den Blinker.

Mit zitternden Knien lenkte ich den Wagen an den Straßenrand.

Unbehagliches Schweigen senkte sich über uns. Nur der Motor rasselte im Leerlauf unregelmäßig vor sich hin. Ich drehte den Zündschlüssel.

„Es tut mir leid“, sagte Flo in die Stille hinein. „Hannes ist mein bester Kumpel. Er hätte das Gleiche für mich getan.“

Darauf wusste ich nichts zu sagen.

Überhaupt, es war schon alles gesagt.

„Schon okay“, meinte ich schließlich. „Ich bin dir nicht böse. Thema beendet.“

Meine Knie fühlten sich zittrig an, als ich aus dem Auto stieg.

Komm schon, Sophia. Du hast einen Job zu erledigen. Um den Rest kümmerst du dich später.

„Okay.“ Ich holte tief Luft. „Wo steht der Trecker?“

- Kapitel 18 -

Ich hatte gehofft, dass der Basar ein Erfolg werden würde. Aber mit so viel Zulauf hätte ich nicht gerechnet, vor allem nicht bei der kurzen Vorlaufzeit.

Die Nachricht hatte sich wie ein Lauffeuer in der Gemeinde und weit darüber hinaus verbreitet. Vermutlich hätte ich mir die Posts auf Social Media sparen können. Mund-zu- Mund-Propaganda funktionierte eben doch noch am besten. Es war, wie Hildrun gesagt hatte. Die Menschen auf Sylt hielten zusammen. Vermutlich war es das, was Inseln vom Festland unterschied.

Mit einem leisen Seufzer wickelte ich den Schal fester um meinen Hals. Erschöpft, aber erleichtert darüber, wie reibungslos alles funktioniert hatte, nahm ich den Kopf zurück und blickte in den Himmel. Inzwischen war es dunkel geworden. Für die Jahreszeit war es ungewöhnlich windstill. In den vergangenen

Tagen war das Heulen des Windes ein ständiger Begleiter auf meinen Spaziergängen gewesen. In dichten Flocken fiel der Schnee und hüllte die Holzbuden und die Tannenbäume, die wir auf dem Deck aufgestellt und geschmückt hatten, in eine weiche Decke. Es hätte alles so romantisch sein können … Ein wunderschöner Spätnachmittag im Advent, voller Zufriedenheit, Glück und dem Duft von Bratäpfeln.

Aber das war es nicht. Seit dem Gespräch mit Flo war meine Welt eine andere.

Ich wusste immer noch nicht, wie ich Flos Verhalten einschätzen sollte. War es richtig gewesen, was er getan hatte, oder grundverkehrt? Aber eines wusste ich mit Sicherheit, Flo hatte recht. In den vergangenen Tagen hatte ich mich einer schönen Illusion hingegeben. Doch wie alle Illusionen war auch diese trügerisch und von kurzer Dauer. Jetzt war der Traum vorbei und ich musste zusehen, wie ich damit klarkam.

Auf der Fahrt zurück hatten Flo und ich kaum ein Wort gewechselt. Nicht weil wir sauer aufeinander waren, sondern aus einer Mischung von Befangenheit, Hilflosigkeit und Erschöpfung heraus. Auch hier, auf dem Kutter, machten wir einen Bogen umeinander. Wenn es sein musste, tauschten wir ein paar belanglose Floskeln. Mehr nicht. Doch Flo war nicht der Einzige, dem ich aus dem Weg ging.

Vor allem vermied ich es, mit Hannes zu sprechen, aus Angst, urplötzlich die Fassung zu verlieren. Es hätte ein seltsames Bild abgegeben, wenn ich vor allen Besuchern dem Weihnachtsmann gegenüber in Tränen ausgebrochen wäre. Ein Glück, dass mir die Idee gekommen war, dass Hannes Santa spielen sollte. Die Leute standen Schlange vor seiner gemütlichen Bude, um ein Foto mit ihm zu schießen. Der Erlös ging an den Gnadenhof. Hannes blieb keine Zeit für einen kurzen Wortwechsel mit mir, eine heimliche Umarmung oder einen gestohlenen Kuss.

Was mich betraf, so hatte ich ebenfalls alle Hände voll zu tun. Ich hatte mich auf dem Unterdeck als Springerin eingeteilt. Wann immer einer der Standbetreiber eine kurze Pause brauchte, sei es, um zur Toilette zu gehen oder um eine Kleinigkeit zu essen, war ich zur Stelle. Mal verteilte ich Infomaterial am Stand vom Gnadenhof. Mal verkaufte ich selbst gezogene Bienenwachskerzen oder handgestrickte Mützen, Schals und Handschuhe. Dann wieder pries ich selbst gemachte Marmeladen an, Gemälde von ortsansässigen Kunstschaffenden, Zero-Waste-Geschenke wie Bienenwachstücher und Brotbeutel. Hannes' Upcycling-Dosen fanden reißenden Absatz. Genau wie die Hundekekse, die handgefertigten Decken, Leinen und Halsbänder am Stand von Jenny, einer äußerst sympathischen Frau, die eine Hundetagesstätte in Keitum betrieb.

Wir hatten Land unter. Die Leute waren in Kauflaune und auf der Suche nach letzten Weihnachtsgeschenken. Die Kasse für den Gnadenhof klingelte. Obwohl mein Plan mit dem Rundgang prima funktionierte, herrschte auf dem Unterdeck gewaltiger Andrang. Daher war ich froh, dass ich gerade nicht benötigt wurde und frische Luft auf dem Oberdeck schnappen konnte.

„Alles gut? Du wirkst so nachdenklich." Greta trat neben mich an die Reling. Sie warf mir einen besorgten Blick zu. „Du siehst ein wenig blass aus."

„Kommt vermutlich daher, dass es unten ziemlich stickig ist", behauptete ich und schob ein schiefes Lächeln hinterher.

„Die Leute überschlagen sich vor Lob. Ich höre nur begeisterte Stimmen. Das hast du großartig gemacht", meinte Greta anerkennend. „Eigentlich müsstest du sehr stolz auf dich sein. Aber du wirkst nicht so."

„Mag sein", meinte ich vage und schickte einen tiefen Seufzer hinterher.

„Oje, da ist wirklich etwas." Greta zog die Augenbrauen über der Stirn zusammen. „Willst du darüber reden? Ich mache gerade Pause. Janne übernimmt den Waffelverkauf für mich."

„Na ja", meinte ich zögernd. „Es ist so … Ich habe nachgedacht. *Über* Hannes und mich."

„Aha. Und was ist dabei herausgekommen?"

Meine Schultern sackten herab. „Realistisch betrachtet hat das mit uns keine Zukunft."

„Wie kommst du denn jetzt darauf?" Verblüfft schüttelte sie den Kopf. „Ihr beide steht doch erst ganz am Anfang. Wolltet ihr es nicht langsam angehen lassen?"

„Das schon." Ich knibbelte an meinen Fingernägeln. „Aber mir ist bewusst geworden, dass ich bald wieder in Hamburg bin. In einem Job, der mich fest im Griff hat. Hannes dagegen ist so fest mit Sylt verwurzelt, dass er die Insel sicher nicht verlässt. Wie soll denn da eine gemeinsame Zukunft aussehen? Das führt doch in eine Sackgasse."

„Findest du nicht, dass du dir gerade ein wenig zu sehr den Kopf zerbrichst? Lass das doch alles erst mal auf dich zukommen“, meinte sie tröstend.

„Aber das sind Fakten!“ Aufgebracht gestikulierte ich. „Außerdem hat Hannes gerade erst eine unglückliche Beziehung hinter sich. Ich kann ihm doch nicht erneut das Herz brechen.“

„Moment mal.“ Greta kniff die Augen zusammen. „Flo hat mit dir geredet, stimmt’s?“

Ich ließ die Schultern sacken. „Woher weißt du das?“

„Weil ich Flo ziemlich gut kenne. Und Hannes auch. Die beiden sind wie Brüder. Dabei meint es Flo manchmal ein klein wenig zu gut.“

„Jedenfalls hat er nichts Verkehrtes gesagt“, erwiderte ich resigniert. „Ich werde mit Hannes reden müssen. Was sonst?“

„Mach das. Ich drücke dir die Daumen, dass ihr einen guten Weg für euch findet.“ Greta klopfte sich Schnee vom Mantel. Dann deutete sie zu Yanniks Essensbude hinüber. „Ich brauche unbedingt etwas Herzhaftes. Kartoffelpuffer mit Räucherlachs? Kommst du mit?“

„Geh nur. Ich bringe gerade nichts hinunter.“

Greta sah mich mitfühlend aus ihren großen grünen Augen an. „Schade. Kann ich dich wenigstens zu einer Tasse Sylter Welle mit extra Sanddornschnaps oder einen Pharisäer überreden?“

„Lieb von dir, aber nein. Ich muss gerade mal einen Moment durchatmen.“

„Verständlich. Dann mal bis später.“ Greta warf mir einen Luftkuss zu und verschwand. Ich lehnte mich gegen die Reling und starrte auf den Bootsanleger. Gegenüber von mir nahm der Shanty-Chor neben dem Hafenbecken Aufstellung. *Stille Nacht, heilige Nacht tönte es feierlich über das Wasser. Dazu schneite es in immer dichteren Flocken. Mein Herz wurde schwer. Alles war so stimmungsvoll und wunderbar weihnachtlich. Ich hätte glücklich sein können. Stattdessen fühlte* ich mich einsamer als bei meiner Ankunft auf Sylt.

Als Hannes und ich gegen zweiundzwanzig Uhr zurück zum Leuchtturm kamen, war ich total erledigt. Alle hatten mit angepackt, um wieder klar Schiff zu machen. Das Ergebnis unserer gemeinsamen Anstrengung konnte sich sehen lassen. Für den Gnadenhof waren über dreitausend Euro zusammengekommen. Im Rückblick erschien es mir beinahe unvorstellbar, dass wir in so kurzer Zeit einen Basar auf die Beine gestellt hatten, der so viel Weihnachtsfreude unter den Besuchern verbreitet hatte.

„Was hat dir am besten gefallen?" Hannes stellte den Beutel mit dem Weihnachtsmannkostüm im Windfang ab und schlüpfte aus den Stiefeln.

„Ich weiß nicht. Es waren so viele schöne Erlebnisse. Vielleicht der Shanty Chor?", überlegte ich laut, während ich meine dicke Jacke auszog. „Möglicherweise war es einfach alles zusammen. Die festliche Stimmung, der Geruch nach Glühwein und Zimt, der Schnee."

Hannes nickte. „Was für ein schöner Zufall, dass es ausgerechnet mit Einbruch der Dämmerung zu schneien anfing."

„Alles Planung“, witzelte ich, obwohl mir nicht nach Lachen zumute war.

„Tolle Orga. Komm mal her …“ Mit einem zärtlichen Blick zog er mich in seine Arme.

Alles in mir sehnte sich danach, mich an ihn zu schmiegen und die Gedanken auszuschalten. Wenn ich nur gewusst hätte, wie.

„Wir hatten heute so wenig Zeit für uns allein“, fuhr er fort. „Was hältst du davon, wenn ich uns einen Tee koche? Wir könnten es uns im Turmzimmer gemütlich machen.“ Sanft senkten sich seine Lippen über meinen Mund.

Ich versuchte, mich in diesen leidenschaftlichen Kuss sinken zu lassen, aber irgendwie wollte es mir nicht gelingen. Die Angst, die Flo in mir ausgelöst hatte, ließ mich nicht los. Ich löste mich aus seiner Umarmung und trat einen Schritt zurück. „Mir liegt etwas auf dem Herzen. Können wir reden?“

„Okay.“ Er wirkte erstaunlich gelassen, so als hätte er bereits damit gerechnet. „Wollen wir uns in die Küche setzen?“

Ich nickte.

Hannes stellte Wasser auf. Währenddessen setzte ich mich, überschlug die Beine, wippte mit dem Fuß, löste die Beine wieder, verschränkte die Arme … Die ganze Zeit über ruhte mein Blick auf Hannes. Ruhig und gelassen holte er Tassen aus dem Schrank. Jede seiner Bewegungen war mir so vertraut, dass es beinahe wehtat. So vertraut wie der Kuss eben, den ich noch immer auf meinen Lippen spürte. Ein schrecklicher Gedanke durchzuckte mich. War dies der Anfang vom Ende? Mal ehrlich, wie oft taten wir Dinge zum letzten Mal, ohne uns bewusst zu sein, *dass* es das letzte Mal war? Was, wenn wir uns nie wieder so leidenschaftlich und innig küssen würden wie eben? Das wäre … entsetzlich!

„Bitte schön." Er schob mir eine Teetasse zu und setzte sich mir gegenüber an den Tisch.

Einen Moment sahen wir uns einfach nur in die Augen. Am liebsten hätte ich gesagt: „Dreitausend Euro sind ein tolles Ergebnis. Was können wir tun, um den Spendenfluss noch länger am Laufen zu halten?" Aber stattdessen sagte ich: „Hast du dir schon einmal Gedanken gemacht, wie es mit uns weitergehen soll, wenn ich wieder in Hamburg bin? Ich schon. Und ich bin zu dem Schluss gekommen, dass es sinnlos ist. Es würde nie im Leben funktionieren."

Stille. Mein Herz pochte ohrenbetäubend laut.

Hannes griff nach meiner Hand. „Weißt du, was für mich das Wichtigste in einer Beziehung ist?"

„Sag es mir", hauchte ich tonlos.

„Ehrlichkeit und Vertrauen. Beides verlangt Mut. Deswegen hoffe ich, dass du mutig bist und wir offen reden können. Wieso gibst du uns keine Chance?"

Ich räusperte mich. „Kennst du das Gefühl, wenn du einen wunderschönen Traum hast? Du weißt, dass du träumst. Aber du bist einfach nur glücklich und wünschst dir, dass du nie aufwachst."

„Aber das tust du. Und zwar genau in der Sekunde, in der du realisierst, dass du träumst", brachte Hannes meinen Gedanken zu Ende. Er wirkte ernüchtert.

Meine Brust wurde eng. „Das mit uns ist nicht echt, oder? Jedenfalls nicht auf Dauer. Es war nur ein wunderschönes Weihnachtsmärchen."

Hannes nickte. „Das wäre *eine Möglichkeit.*"

„Wie meint du das?" Ich starrte ihn an.

„Die andere wäre, dass wir uns entschließen, den Traum Realität werden zu lassen."

„Wie bitte?" Ich verstand nicht, wie er das so rundum sorglos behaupten konnte. So wie er es sagte, klang es ganz einfach. Wie sich darauf zu einigen, wer den Müll runterbrachte, die Spülmaschine ausräumte und wer sonntags die Brötchen holte. Alles Dinge, mit denen sich ganz normale Paare beschäftigten. Paare, die zusammenlebten, und nicht vier Stunden voneinander entfernt. Ich schüttelte den Kopf. „Wie soll das funktionieren? Du hast gerade erst eine Trennung hinter dir."

„Das ist es also", sagte Hannes grimmig. Er ließ meine Hand los. „Flo hat mit dir geredet, richtig?"

Ich schluckte. „Das … stimmt. Woher weißt du das?"

„Ich kenne Flo. Was hat er dir erzählt?"

„Eben … dass die Trennung dich wohl ziemlich mitgenommen hat. Und das alles noch ganz frisch ist."

„Hm", sagte er, und dann einen ganzen Moment nichts.

„Also schön", sagte er schließlich. Er klang angespannt. „Das mit Bentje ist vorbei. Ich möchte nicht mehr darüber reden."

„Aber wir müssen reden, auch über die Vergangenheit, denn sie lässt sich nicht einfach abstreifen. Vor allem aber über die Zukunft", erwiderte ich bestürzt. In meinem Kopf drehte sich alles. „Du selbst hast gerade gesagt, wie wichtig dir Ehrlichkeit ist. Wie soll ich den Mut aufbringen, uns zu vertrauen, wenn du alles in dir verschließt? So wie diese bescheuerten Austern!"

„Austern?", wiederholte er ausdruckslos. „So siehst du mich also?"

Ich überlegte, dann zuckte ich die Schultern. „Na ja, schon."

„Also gut." Er zögerte. „Ich weiß, dass ich nicht sonderlich offen bin, was die Trennung betrifft. Aber um bei deinem Bild zu bleiben: Austern filtern unglaublich viel, bevor sie wieder aufmachen."

„Das merke ich." Ich seufzte schwer.

Wieder trat Stille ein. Hannes starrte angestrengt vor sich hin.

Mit einem Mal beugte er sich vor und faltete die Hände auf dem Tisch. „Ich dachte, das mit Bentje und mir wäre für immer. Wir wollten heiraten. Aber dann hat sie sich in einen anderen verliebt und mit mir Schluss gemacht. Lange Zeit war ich einfach nur wütend. Auf diesen Scheißtyp, auf Bentje, auf mich. Ich empfand es als unfassbar ungerecht. Wo wir doch schon so lange zusammen waren. Aber dann wurde mir bewusst, dass man Gefühle nicht festbinden kann. Es gibt eben keine Sicherheit. Noch nicht einmal in der Liebe. Nichts hält ewig. Das weiß ich inzwischen. So sehr wir uns das wünschen. Also müssen wir das Glück genießen, solange es dauert."

„Ich weiß“, murmelte ich leise. Meine Gedanken wanderten zu der gescheiterten Ehe meiner Eltern und zu meinem heiß geliebten Opa.

„Wenn wir schon ehrlich sind … da ist noch etwas, das du wissen solltest“, sagte er mit seltsam ausdruckloser Stimme.

Mein Magen schlingerte. O Gott. Mir wurde flau. Was musste er mir gestehen? Vielleicht hätte ich das mit der Auster lieber nicht gesagt?

„Es ist nichts Schlimmes, das heißt, eigentlich schon. Aber es betrifft nicht uns“, sagte Hannes. Er spielte mit dem Kaffeelöffel herum. „Damals, als Bentje mit der Wahrheit herauskam, wollte ich nur noch weg von all dem. Ich wollte Abstand zwischen mich und den Schmerz bringen. Also habe ich mich in mein Auto gesetzt und bin losgebraust. Was unfassbar unverantwortlich war. Zum Glück hat mich die Polizei ziemlich schnell gestoppt. Der Führerschein war dann natürlich weg. Geschieht mir nur recht.“

Oh. Das war es also. Es ging um den Führerschein. Nicht darum, dass er noch immer Gefühle für Bentje hatte. Oder doch? Das eine schloss das andere nicht aus.

„Liebst du Bentje noch?“, platzte ich heraus.

„Wie kommst du denn darauf?“ Er wirkte irritiert.

„Also?“

Er überlegte. „Liebe … nein, das ist es nicht. Oder nicht mehr. Natürlich bedeutet die Zeit mit Bentje mir immer noch viel, jedenfalls die schönen Momente. Inzwischen bin ich ihr nur unglaublich dankbar.“

„Dankbar? Wofür denn?“

„Mir ist inzwischen klar, welch unfassbaren Mut es sie gekostet haben muss, die Hochzeit abzusagen", erklärte Hannes. „Alle wussten Bescheid. Wir hatten sogar schon die Location gebucht. Es hat eine Weile gedauert, aber inzwischen bin ich wirklich *dankbar*, dass Bentje rechtzeitig die Reißleine gezogen und für Klarheit gesorgt hat. Dafür verdient sie höchsten Respekt. Unsere Ehe wäre mit Sicherheit gescheitert. Falls du also Bedenken haben solltest, dass ich mich mit dir über Bentje hinwegtrösten will, nein, das ist es nicht", sagte er sanft. „Du bist mir ganz schön unter die Haut gegangen. Obwohl ich gar nicht vorhatte, mich zu verlieben."

Meine Nerven flatterten. Das Ende seines Satzes hatte ich kaum noch mitbekommen. Mein Gehirn hatte an der Stelle aufgehört, mitzudenken, an der er gesagt hatte, dass er …?

„… du *empfindest* etwas für mich?", wiederholte ich. Ungläubig und mit einem viel zu breiten Grinsen auf den Lippen strahlte ich ihn an.

„Viel sogar." Er erhob sich und setzte sich zu mir auf die Bank. Sanft umfasste er mein Gesicht. Unsere Blicke trafen sich und hielten sich ineinander fest.

„Als wir uns zum ersten Mal geküsst haben, da wusste ich, es ist Zeit, die Vergangenheit hinter mir zu lassen und neu zu beginnen", sagte er mit rauer Stimme. „Zusammen mit dir."

Meine Gefühle fuhren Achterbahn. Meine Gedanken überschlugen sich. Hatte ich zu schwarzgesehen? War das, was Hannes und mich verband, stärker als die Schwierigkeiten, denen wir uns würden stellen müssen?

Hannes empfand etwas für mich. Wir waren hier. Zusammen. In diesem Augenblick war das alles, was zählte.

Ohne auch nur eine Sekunde zu zögern, schlang ich die Arme um seinen Hals. Meine Lippen suchten seinen Mund. Wir küssten uns mit steigerndem Verlangen und Leidenschaft, während die Welt um uns herum stillstand.

Irgendwann fasste er meine Hand und zog mich hoch. „Wollen wir nach oben gehen?"

Statt einer Antwort schob ich seinen Pullover hoch und löste den obersten Knopf seiner Jeans.

„Komm", raunte er mit gepresster Stimme.

Küssend taumelten wir an den Wichteln vorbei die Treppe hoch, in mein Schlafzimmer.

Die Tür fiel hinter uns zu.

„Das war wunderschön", murmelte Hannes später. Er rollte sich auf den Rücken und zog mich näher an sich. Mit einem wohligen Ausatmen schmiegte ich den Kopf an seine Brust. Seine Nähe, sein Geruch, alles war so vertraut und doch so neu.

„Das mit uns ist etwas Besonderes. Zumindest empfinde ich es so", meinte ich versonnen.

„Das ist es." Zärtlich küsste er meinen Scheitel. „Ich hätte nicht gedacht, dass ich bereit bin, mich neu zu verlieben. Aber ich bin es. Bei dir habe ich das Gefühl, dass ich mich öffnen und wieder Nähe zulassen kann. Ganz langsam zwar. Aber es kommt."

Ich spürte meine Brust weit werden. Hannes besaß ein weiches, verletzliches Inneres. Deswegen war es nicht leicht für ihn, seine Gefühle zu äußern. Das wusste ich inzwischen. Aber manchmal fand man in einer verschlossenen Auster eine wunderschöne Perle.

Ich drehte mich zur Seite und blickte in seine liebevollen, sanften Augen. „Ich wünsche mir so sehr, dass das mit uns funktioniert. Aber …"

„Schhh …" Mit einem langen, liebevollen Kuss brachte er mich zum Schweigen. Er löste seine Lippen von meinem Mund und musterte mich voll Zärtlichkeit. „Darüber machen wir uns Gedanken, wenn es so weit ist. Man kann die Brücke erst dann überqueren, wenn man davorsteht."

„Wie … meinst du das?", stotterte ich. „Wir können doch nicht alle Entscheidungen auf später verschieben? Wir brauchen einen Plan. Wer besucht wen an den Wochenenden? Schaffen wir es überhaupt, uns jedes Wochenende zu sehen? Was ist in der Saison, wenn du täglich Ausflugsfahrten mit dem Kutter hast? Und wo sollen wir uns im Winter treffen, wenn du den Leuchtturm vermietest? Und was, wenn wir feststellen, dass das alles hinten und vorn nicht hinhaut? Trotz Zeitmanagement?"

Wieder sah er mich mit diesem besonderen, überaus zärtlichen Blick an. Seine Hände umschlossen meine Taille und zogen mich näher zu sich. „Ich weiß, dass du es liebst, Dinge zu strukturieren und in Ordnung zu bringen."

„Das tue ich."

Sanft hielt er mich an sich gedrückt. Sein Atem strich über meine Wange. „Wenn wir das möchten, finden wir immer eine Brücke, die über den Fluss führt. Und falls nicht, bauen wir uns eine."

Und das, fand ich, war so ziemlich das Schönste, das er hätte sagen können.

Ich schmiegte mich an seine Schulter und fühlte mich angekommen.

- Epilog -

Heiligabend – wie sehr hatte ich mich vor diesem Tag gefürchtet, weil er für mich mit Wehmut, Traurigkeit und Erinnerungen an früher gefüllt war. Das erste Weihnachtsfest ohne meinen geliebten Opa. Er fehlte mir, sehr sogar. Dieses Loch in meinem Herzen würde sich wohl nie ganz schließen. Und das durfte auch so sein. Aber dennoch erwachte ich an diesem Morgen mit einem Gefühl von Zuversicht und Freude.

Hannes war heute Morgen lange vor mir wach gewesen. Er hatte mir Frühstück ans Bett gebracht, mit viel zu süßem, aber köstlichem Spekulatiuskaffee und leckeren Pancakes. Danach unternahmen wir einen ausgiebigen Spaziergang durch die Dünen und zum Strand. Die Luft war rau und knisterte vor Kälte, die Landschaft duckte sich unter einer pudrigen Schneedecke. Später fuhren wir noch auf dem Gnadenhof vorbei, um den Tieren Karotten, Äpfel und andere Weihnachtsleckereien vorbeizubringen. Merle freute sich riesig. Gemeinsam tranken wir Tee in ihrer gemütlichen Wohnstube und aßen Plätzchen, während Weihnachtsmusik von der Playlist lief und Archie in seinem Körbchen neben der Heizung selig vor sich hin schnarchte. Mein Gott, wie süß konnte dieses Schwein sein!

Später, am Nachmittag, machten wir es uns im Turmzimmer gemütlich und sahen Filme – *Liebe braucht keine Ferien* und *Der Grinch* –, die ich mir in den letzten Jahren am Vierundzwanzigsten immer mit Opa angesehen hatte.

Im Leuchtturm, zusammen mit Hannes, fand ich es so kuschelig und gemütlich, dass ich am liebsten auf das Abendessen im Hölzernen Wal verzichtet hätte. Hannes ging es ähnlich, aber schließlich schafften wir es doch, unser behagliches Nest in den Dünen zu verlassen.

Im Hölzernen Wal schlug uns diesmal nicht das gewohnte Stimmengewirr und verbrauchte Kneipenluft entgegen. Verwundert zog ich die schwere Holztür hinter mir zu und sah mich um. Wo es sonst laut, bodenständig und rustikal zuging, war die Atmosphäre heute festlich und besinnlich. Die elektrische Beleuchtung war heruntergedimmt, die Hälfte der Tische verschwunden, die übrigen mit Kerzen, Tannenzweigen und Christrosen geschmückt. Wer heute Abend hier speisen wollte, hatte sich zuvor anmelden müssen. Statt der normalen Speisekarte gab es heute ein besonderes Vier-Gänge-Menü mit jeweils zwei Hauptspeisenvariationen. Den Barbetrieb hatte Yannick ebenfalls eingestellt.

„Hallo, da seid ihr ja! Schön euch zu sehen!" Yannick kam auf uns zu und begrüßte mich mit einem freundlichen Händeschütteln, während Hannes und er sich mit einem Klaps auf die Schulter begrüßten. „Kommt mit. Euer Tisch ist da drüben, beim Kamin."

„Klingt super", sagte Hannes erfreut.

Wir setzten uns. Hinter mir in der Ecke stand der Weihnachtsbaum und verströmte einen würzigen Duft. Das Feuer knisterte im Kamin. Das Klirren von Gläsern und die leisen Gespräche an den Nachbartischen vermischten sich mit den Klängen von sanfter Klaviermusik aus dem Radio.

Yannick brachte uns Champagner als Aperitif. Verträumt sah ich zu, wie die feinen Bläschen in dem Glas perlten. Hannes war noch damit beschäftigt, den Hauptgang auszuwählen. Ich dagegen hatte mich bereits für das Steinpilzrisotto und das ofengeröstete Wurzelgemüse entschieden, während Hannes schließlich Entenbrust wählte.

„Bitte sehr, ein Gruß aus der Küche." Yannick trat an unseren Tisch, mit zwei hübsch dekorierten Vorspeisentellern in der Hand. „Gegrillte Austern an hausgemachter Kräuterbutter."

„Was für eine Überraschung", sagte ich, gefolgt von einem verkrampften Schweigen. Ich versuchte die Erinnerung an das glibberige, schleimige Fleisch zu verdrängen. Aber es gelang mir nicht. Mit angespannter Miene sah ich zu Yannick auf. „Vielleicht verzichte ich auf die Vorspeise? Weil … sonst schaffe ich das Dessert nicht. Dabei *liebe* ich Lebkuchenmousse."

„Probier' doch mal", sagte Hannes.

Entsetzt starrte ihn an. „Bei aller Liebe. Mag ja sein, dass sie gekocht anders schmecken als roh. Aber dennoch. Nie wieder Austern."

Hannes und Yannick tauschten Blicke.

„Ich denke, sie hat genug gelitten." Hannes grinste breit, während Yannick mir belustigt zuzwinkerte.

„Moment … das war ein Scherz, oder?" Ich musterte die beiden prüfend.

„Na klar", sagte Yannick gut gelaunt. „Hannes war vorgestern hier und hat mir verraten, dass du Austern nicht magst, aber eine Schwäche für Lebkuchenmousse hast. Also habe ich das Dessert angepasst und extra für dich eine Vorspeisenvariante zubereitet. Bitte schön, gegrillte Austernpilze an Kräuterbutter. Lasst es euch schmecken!"

„Schuft", schimpfte ich lachend, als Yannick uns allein ließ. Genüsslich lud ich gegrillte Pilze auf meine Gabel und aß. Die Pilze waren butterzart und herrlich gewürzt. „Eigentlich hast du dein Weihnachtsgeschenk nicht verdient."

„Wir schenken uns etwas? War das ausgemacht?", sagte er verblüfft.

„Nicht *wirklich* …" Ich zuckte die Schultern. „Es ist egal, wenn du nichts für mich hast. Mein Geschenk ist mehr von ideellem Wert. So etwas wie …" Ich suchte nach dem passenden Wort. „Eine Absichtserklärung. Genau. Das ist es."

„Ich habe aber etwas für dich." Er schob seinen leer gegessenen Teller zurück und tupfte sich mit der Serviette über den Mund. „Doch im Gegensatz zu deinem Geschenk, kann man meines anfassen. Das heißt, eigentlich solltest du es anfassen. Unbedingt. Dein Geschenk liebt es, angefasst zu werden."

Wovon redete er? Ich legte mein Besteck ebenfalls beiseite. „Du zuerst."

„Sicher?"

„Unbedingt. Ich platze vor Neugier."

„Also schön." Er griff in das Sakko, das er vorhin sorgfältig an seinem Stuhl aufgehängt hatte, und zog einen Umschlag aus edlem weißem Papier hervor. „Hier, bitte."

„Danke." Ich griff danach und drehte es prüfend in den Händen. „Soll ich raten? Konzertkarten? Für ein Musical vielleicht?"

„Kalt, ganz kalt." Mit einer lässigen Bewegung lockerte er den Krawattenknoten seines weißen Hemds.

„Ookay …" Ich zog die Augenbrauen zusammen und dachte nach. „Eine Ausflugsfahrt auf deinem Kutter, bei der wir Seesterne streicheln, die sich in dein Netz verirrt haben?"

„Mach es auf."

Mit fliegenden Fingern riss ich das Papier auf. Zwei Fotos fielen mir entgegen. „Archie und Walter?" Fragend sah ich Hannes über das flackernde Kerzenlicht hinweg an.

„Du liebst die beiden doch, oder?"

„Das tue ich. Und die Fotos sind wirklich süß. Eine schöne Idee von dir, danke. Ich werde die Bilder rahmen und auf meinen Schreibtisch stellen und …"

„Dreh die Fotos doch mal um", unterbrach er mich grinsend.

Das tat ich.

„Eine … Adoptionsurkunde? Ausgestellt auf meinen Namen? Aber das geht doch nicht. Ich kann die Tiere unmöglich mit nach Hamburg nehmen“, stammelte ich mit glühenden Wangen.

„Mach dir keine Gedanken. Es ist alles geregelt.“ Er griff nach meiner Hand und hielt sie in seiner. „Zuerst einmal werden die beiden bei Janne auf ihrem alten Bauernhof leben. Da ist jede Menge Platz. Für die Kosten, einschließlich Tierarzt, komme ich auf. Du kannst sie immer besuchen, wenn du hier bist.“

„Das ist großartig!“ Ich strahlte über das ganze Gesicht. „Wirklich, ich freue mich riesig. Die beiden habe ich so sehr ins Herz geschlossen.“

„Ich hoffe nicht nur die beiden, sondern auch mich. Denn später werden das Schweinchen und der Esel bei mir wohnen. Also gibt es uns dann im Dreierpack.“

„Im Leuchtturm? Oder auf dem Kutter?“, fragte ich verwirrt. „Aber … das geht nicht. Die beiden brauchen eine Weide, Auslauf, all so was.“

„Das bekommen sie auch. Sobald ich ein geeignetes Haus mit Grundstück für mich gefunden habe“, entgegnete er in aller Seelenruhe. „Zeit für einen Neubeginn. Die Vermietungen laufen gut, also werde ich das Geschäft auf die Nebensaison ausweiten. Vielleicht mit Winterspecials für Verliebte.“

„Das ist ja wunderbar!“, sagte ich überrascht.

„Ich denke, das kommt an.“ Er streichelte sanft mit dem Daumen über mein Handgelenk. „Ich hatte es sowieso satt, im Sommer auf dem Kutter zu schlafen. Ich dachte, ich schaue mich nach etwas Geeignetem um. Mit jeder Menge Platz für die Tiere und natürlich für uns, wenn du gelegentlich am Wochenende hier bist."

Spontan beugte ich mich weit über den Tisch. Auf halbem Weg kam er mir entgegen. Wir küssten uns zärtlich. Ein heißer Stich ließ mich zurückzucken.

„Autsch." Ich löste mich von ihm und rieb mir die schmerzende Stelle am Kinn. „Brennende Kerze."

„Alles gut? Hast du dir wehgetan?", fragte er besorgt und ließ sich ebenfalls wieder auf seinen Stuhl fallen.

„Nicht schlimm", versicherte ich und wischte mir verlegen eine Träne von der Wange. „Es ist nur alles so … wundervoll! Du, die Tiere und ich. Das ist das schönste Geschenk, das du mir hättest machen können. Es hat wirklich Bedeutung für mich."

„Das macht mich sehr glücklich", sagte er mit liebevollem Blick.

„Das Geschenk, das ich für dich habe, passt perfekt zu deinem", erklärte ich immer noch sehr gerührt.

„Da bin ich gespannt."

„Wie gesagt, man kann es nicht anfassen."

„Okay …"

Ich konnte ihm ansehen, dass er es vor Neugier kaum noch aushielt, und trieb die Spannung weiter auf die Spitze. „Man könnte sagen, ich habe mich in einem neuen Berufsfeld versucht. Im Bereich Architektur. Spezialgebiet Brücken."

„Wirklich? Das klingt fabelhaft." Sein Blick ruhte auf mir, mit einer Intensität, die mich schwindlig machte.

„Ich habe mit Anja gesprochen und ihr eine Partnerschaft vorgeschlagen", sagte ich mit klopfendem

Herzen. „Sie hat Ja gesagt. Ab Januar wird sie die Auswärtsprojekte übernehmen. Ich werde die Aufträge in Hamburg betreuen, eine neue Mitarbeiterin einarbeiten und überwiegend vom Computer aus arbeiten. Wenn alles so klappt, wie ich mir das vorstelle. Sicher wird es etwas dauern, bis sich alles eingespielt hat. Aber in jedem Fall werde ich viel flexibler sein und von überall aus arbeiten können. Vorausgesetzt, es gibt ein funktionierendes WLAN“, schob ich grinsend hinterher.

„Das wird es.“ Hannes hatte glühende Wangen vor Freude. „Dafür sorge ich. Was für eine wunderbare Idee von dir.“

„Lass uns darauf anstoßen“, schlug ich lächelnd vor.

„Gleich. Aber erst das Wichtigste …“ Er schob den Stuhl zurück, erhob sich und kam auf mich zu. Seine Lippen senkten sich zu einem zärtlichen Kuss auf meinen Mund. Für einen Moment stand die Welt still.

Etwas atemlos löste ich mich aus dem Kuss. Ich konnte noch gar nicht fassen, dass das alles passierte. Aber wurden an Weihnachten nicht manchmal Wunder war?

Mein Herz hatte ein Zuhause gefunden. Ich zweifelte kein bisschen mehr daran, dass Hannes und ich zusammengehörten. Und irgendwie würden wir gemeinsam einen Weg finden. Ganz sicher.

„Yannick?“, rief eine kräftige Frauenstimme vom Nebentisch. „Wir brauchen bitte zwei Gläser Champagner. Ach was, nein. Bring uns gleich eine ganze Flasche. Wir haben etwas zu feiern.“

Neugierig drehte ich mich um. Hinter mir saß eine etwa dreißigjährige Frau mit schwarzem Haar und

Nasenpiercing. Sie bediente in Gretas Café und hieß Anke. Wir waren uns bei einem meiner Besuche begegnet. Ihr gegenüber saß eine sympathisch wirkende, dezent geschminkte Frau mit langen, blonden Locken und einem hinreißenden Lächeln. Sie kam mir ebenfalls bekannt vor, ich wusste aber nicht, woher.

„Ach hallo! Du bist das." Die blonde Frau winkte mir freudig zu. „Erinnerst du dich? Wir haben uns auf dem Basar gesehen. Am Stand vom Gnadenhof."

Jetzt fiel der Groschen. „Ach, richtig. Du hattest dich für die Chinchillas interessiert. Wie ist die Entscheidung denn jetzt ausgegangen? Konntest du deine Mitbewohnerin für die Idee erwärmen, die beiden zu adoptieren?"

„Lou kann *sehr* überzeugend sein", erwiderte Anke rasch. Sie seufzte versonnen. „Vorgestern waren wir auf dem Gnadenhof. Nur mal schauen, meinte Lou. Na ja, wie das so ist. Die beiden Wuschelknäule sind gestern bei uns eingezogen."

„Herzlichen Glückwunsch!", mischte sich Hannes in das Gespräch.

„Von mir auch. Ich bin übrigens gerade Pflegemami für das Minischwein und den Esel geworden."

„Cool", meinte Anke fröhlich.

Yannick trat mit dem Champagnerkühler an den Nachbartisch. Gekonnt und mit lautem *Plopp!* öffnete er die Flasche, unter begeistertem Applaus von Anke und Louisa.

Ich wartete, bis beide ein volles Glas in den Händen hielten, und prostete ihnen über den Tisch hinweg zu. „Auf euch!"

„Danke“, erwiderte Louisa mit einem verschwörerischen Grinsen. „Der musste jetzt sein. Wir haben gerade einen Pakt geschlossen.“

„Klingt spannend“, meinte ich und wackelte bedeutungsvoll mit den Augenbrauen.

„Ein Jahr lang keine Männer!“, rief Anke und stieß klirrend mit Louisa an.

„Tut mir leid, wenn ihr schlechte Erfahrungen gemacht habt.“ Hannes verzog entschuldigend das Gesicht. „Aber bitte werft uns nicht alle in einen Topf.“

„Tun wir nicht. Wir streichen euch nur komplett von der Liste“, erklärte Louisa wild entschlossen. „Sogar, wenn der *Sexiest Man Alive* um die Ecke käme, würden wir ihn abblitzen lassen.“

„Klingt verwegen“, meinte ich lachend und wandte mich wieder Hannes zu.

„Glücklich?“, erkundigte er sich mit einem zärtlichen Lächeln.

„Sehr sogar.“ Ich sah die Liebe in seinen Augen und war dankbar für mein ganz persönliches Weihnachtswunder und für die Reise, die uns erwartete.

Danke …

Vielen herzlichen Dank, liebe Leserin, lieber Leser, dass du in meiner Romanserie „Meerverliebt“ mit mir nach Sylt gereist bist. Vielleicht sogar schon zum fünften Mal? Alle Bände können einzeln gelesen werden, aber es macht Spaß, auf die anderen Charaktere der Reihe zu treffen.

Ich hoffe, es hat dir auf Sylt gefallen und du konntest in Hannes' Leuchtturm eine kleine Auszeit vom Alltag nehmen.

Wenn dir die Geschichte gefallen hat, freue ich mich über eine Bewertung oder eine kurze Rezension auf einer Buchplattform deiner Wahl. Dein Feedback bedeutet mir viel und trägt dazu bei, das Buch sichtbar zu machen.

Kennst du bereits meine anderen Serien „Verliebt auf Borkum“, „Küstenträume in Cornwall“ oder meine Reihe „Weihnachtsliebe in London“?

Wenn du keine meiner Neuerscheinungen oder Aktionen mehr verpassen möchtest, an meinen Buchverlosungen teilnehmen möchtest oder ganz einfach mit mir in Kontakt bleiben willst, um mehr zu den Hintergründen meiner Romane und auch über mich zu erfahren, melde dich zu meinem, Newsletter an und folge mir auf Social Media oder auf Amazon.

Du findest mich auf:

Facebook
→ https://www.facebook.com/AutorinCorneliaEngel

Instagram
→ https://www.instagram.com/cornelia.engel.autorin

und im Netz
→ https://cornelia-engel.com

Auf ein baldiges Wiedersehen bei einem meiner Romane,

herzlichst
Cornelia

Meerverliebt Band 6

Schneeküsse auf Sylt

Der neue Liebesroman von BILD- Bestsellerautorin Cornelia Engel – eine erfrischende romantische Komödie mit Wohlfühlgarantie.

Ein Jahr lang keine Männer – darauf hat Lou sich mit ihrer besten Freundin geeinigt.

Sie will sich ganz auf ihren Job als Naturschützerin konzentrieren, Robbenbabys retten und in den Dünen nach dem Rechten sehen – doch dann wird ihr ein neuer Arbeitskollege zugeteilt. Es ist Liebe auf den ersten Blick. Als Lou und Erik eine geheimnisvolle Flaschenpost am Strand finden, beginnt die Suche nach dem Verfasser. Lou und Erik kommen sich immer näher. Doch da ist das Versprechen, das sie ihrer Freundin gegeben hat, und Lou muss eine schwierige Entscheidung treffen.

Der Roman ist in sich geschlossen und kann unabhängig von den anderen Bänden gelesen werden.

Weihnachtsliebe in London

Ein Weihnachtswunsch zum Verlieben

Ein Winterroman zum Einkuscheln und Wohlfühlen – für die schönste Zeit im Jahr

Lilly träumt von einer Karriere als Schauspielerin, doch nach einem missglückten Auftritt in einer Weihnachtsaufführung bleibt ihr nur noch der Job als „Rudolph das Rentier“ im Kaufhaus. Zeit für ein Weihnachtswunder! Lilly macht sich auf, eine Wunschkugel zu erwerben, um diese am Baum der Hoffnung aufzuhängen … doch auch das geht schief. Ein frecher Kerl schnappt ihr einfach die letzte Kugel weg! Jetzt kann nur noch die Wahrsagerin helfen, und die hat für Lilly ein paar Aufgaben, die sie vor dem Weihnachtsabend lösen muss. Wenn nur ihr nur dieser Unbekannte nicht immer in die Quere kommen würde …

Eine herzerwärmende Liebesgeschichte voller Humor und Hoffnung.

Printed in Poland
by Amazon Fulfillment
Poland Sp. z o.o., Wrocław

54975574R00129